唐宋詞選讀

詞選讀

陳美朱 著

但願人長久，千里共嬋娟

直須看盡洛城花，始共春風容易別

零落成泥輾作塵，只有香如故

麗文文化事業

■ 國家圖書館出版品預行編目資料

唐宋詞選讀／陳美朱著. ——初版. ——高雄市：麗文
文化, 2019.04.
　　面；　公分
　　ISBN　978−986−490−147−0(平裝)

833.4　　　　　　　　　　　　　108005898

唐宋詞選讀

初版一刷・2019 年 4 月　初版二刷・2020 年 8 月

著者	陳美朱
助理編輯	鄭宜娟
封面設計	吳宇茜
發行人	楊曉祺
總編輯	蔡國彬
出版者	麗文文化事業股份有限公司
地址	80252高雄市苓雅區五福一路57號2樓之2
電話	07−2265267
傳真	07−2233073
網址	http://www.liwen.com.tw
電子信箱	liwen@liwen.com.tw
劃撥帳號	41423894
購書專線	07−2265267轉236
臺北分公司	10045臺北市中正區重慶南路一段57號10樓之12
電話	02−29229075
傳真	02−29220464
法律顧問	林廷隆律師
電話	02−29658212

行政院新聞局出版事業登記證局版台業字第5692號
ISBN 978-986-490-147-0 (平裝)

麗文文化事業　　　　　　　　　　　定價：280 元

唐宋詞選讀

目次

晚唐五代詞

皇甫松

生平

皇甫松，一作皇甫嵩，生卒年不詳，字子奇，自號檀欒子，睦州新安（今浙江省淳安縣）人，著名古文家皇甫湜之子。約生活於唐代大中（847–860）、咸通（860–874）以後，終生未登進士第。

詞作宏麗雖不及溫庭筠，然而措辭閒雅，有古詩遺意；作品詞淺意深，饒有寄託，與韋莊有異曲同工之妙。《花間集》收錄其詞十二闋，《尊前集》收錄十闋。

〈夢江南〉

蘭燼¹落，屏上暗紅蕉²。閒夢江南梅熟日，夜船吹笛雨瀟瀟³，人語驛邊橋⁴。

注釋

1 蘭燼：古人煎蘭草為油以點燈，燈芯的餘燼稱為「蘭燼」。
2 屏上暗紅蕉：指夜深燭火將盡，屏風上的芭蕉畫像模糊難辨。
3 瀟瀟：風狂雨驟的樣子。
4 驛邊橋：驛站旁邊的橋。驛，驛站，古代騎馬傳遞公文和書信，途中設有供人和馬休息的處所。

導讀

前人多以〈夢江南〉詞牌書寫對江南往事的回憶或懷念。本詞結

合了「夢」與「江南」的雙重特點，由房內夜景（燈盡屏暗），帶出夢中所見的煙雨江南景象，可謂動（吹笛、人語）靜（江南梅熟、夜雨瀟瀟）交融，繪聲（笛聲、雨聲、人語聲）繪色（紅蕉、黃梅），堪稱是一首絕妙小詞。

〈夢江南〉之外，皇甫松另有一首傳世的小令之作〈摘得新〉：

酌一卮。須教玉笛吹。錦筵紅蠟燭，莫來遲。繁紅一夜經風雨，是空枝。

詞中以「花無久紅」比喻人生苦短，故而應秉燭夜遊、及時行樂。詞作雖頗有深意，但若以詞作的意境與情味而言，皇甫松的兩首〈夢江南〉確實要比〈摘得新〉更勝一籌。

析評

〔清〕陳廷焯《雲韶集》卷1：夢境化境。詞雖盛於宋，實唐人開其先路也。

〔清〕馮金伯《詞苑萃編》卷3：皇甫松以〈天仙子〉、〈摘得新〉著名，然總不如〈夢江南〉二闋為尤勝也。

王國維《人間詞話・附錄》：（皇甫松）詞，黃叔暘（按：南宋黃昇，字叔暘）稱其〈摘得新〉二首，為有達觀之見。余謂不若〈憶江南〉（即〈夢江南〉二闋），情味深長，在樂天、夢得上也。

〈夢江南〉

樓上寢，殘月下簾旌[1]。夢見秣陵[2]惆悵事，桃花柳絮滿江城。雙髻[3]坐吹笙。

注釋

1 簾旌：即簾額，簾子上端所綴之軟布，可用以遮陽或隔絕視線。

2 秣陵：金陵，屬於南京地區，此指南京。

3 雙髻：少女挽束的雙邊髮式，此代指少女。

導讀

　　本詞立意、章法與前首相近。前兩句都是寫室內所見夜景，後三句則寫夢中所見江南景象，符合詞牌「夢江南」的核心、要旨。

　　由於篇幅短小，詞中所寫的，自然是作者最念念不忘的人（雙髻少女）事（吹笙）物（桃花柳絮滿江城），共同營造出一幅絕佳江南美人圖。而這幅圖畫所以讓人思之「惆悵」，正因爲舊歡如夢，往事如煙，詞作以樂景反襯哀情，讓醒後的孤寂與淒清更添一層。

析評

　　〔清〕陳廷焯《詞則‧大雅集》卷 1：夢境、畫境，婉轉淒清，亦飛卿（溫庭筠）之流亞也。

　　俞陛雲《唐五代兩宋詞選釋》：調倚〈夢江南〉，兩詞皆其本體。江頭暮雨，畫船聞桃葉清歌；樓上清寒，笙管撫劉妃玉指。語語帶六朝煙水氣。

　　唐圭璋《唐宋詞簡釋》：此首與前首同寫夢境，作法亦相同。起處皆寫深夜景象，惟前首寫室內之燭花落几，此首則寫室外之殘月下簾。「夢見」以下，亦皆夢中事，夢中景色，夢中歡情，皆寫得靈動美妙。兩首〈夢江南〉，純以賦體鋪敘，一往俊爽。

毛文錫

生平

　　毛文錫（生卒年不詳），字平珪，南陽人（今河南鄧縣）。十四歲登進士第，仕前蜀，曾拜官司徒，因稱毛司徒。前蜀亡，隨蜀主王衍降唐，不久又仕於後蜀。與歐陽炯等五人以小詞爲蜀後主孟昶所賞，

供奉內廷，尤工艷語。

　　《花間集》收錄毛文錫詞三十首，其詞「以質直爲情致，殊不知流於牽露」。近人王國維輯有《毛司徒詞》一卷。

〈醉花間〉

　　休相問，怕相問，相問還添恨。春水滿塘生，鸂鶒[1]還相趁[2]。　　昨夜雨霏霏[3]，臨明寒一陣。偏憶戍樓人，久絕邊庭信。

注釋

1 鸂鶒：水鳥名，外形比鴛鴦稍大，毛羽多為紫色，俗稱紫鴛鴦。
2 相趁：相伴、相隨。
3 雨霏霏：細雨連綿不斷。

導讀

　　詩詞中常見上半寫景，順勢引發下半所欲抒發的感情，或是上半寫情，下半以景色呼應的結構。但本詞上下片的結構是較爲少見的「情－景；景－情」的模式，尤其是「起筆陡健」的特色，更成爲後人模仿或評論的焦點。

　　詞作上片，先以「休相問、怕相問」的請求語逗起「相問還添恨」的懸念，在尚未揭示所「恨」何來時，鏡頭陡然一轉，以鸂鶒成雙相趁、悠遊於春水塘中的景色收結。

　　詞作下片，「昨夜雨霏霏，臨明寒一陣」，轉由夜雨曉寒寫起，也暗示了思婦的輾轉難眠。末二句才點出因思念「久絕邊庭信」的征夫之情，並回應了首句「休相問」的懸念。

　　本詞中間四句的景色，因見鸂鶒相趁而增添傷感，因形單影隻而倍覺春寒，並以「偏憶戍樓人」綰合呼應。全詞語淡情眞，結構巧妙，是《花間集》的絕妙小詞之一。

〔清〕陳廷焯《雲韶集》卷 1：此種起筆，合下章（按：指另一首〈醉花間〉）自成章法，自是一時興到之作，婉妙無比，後人屢屢效之，反覺數見不鮮矣。

〔清〕張德瀛《詞徵》卷 5：牛松卿（按：應爲毛文錫）〈醉花間〉云：「休相問，怕相問，相問還添恨。」其又一闋云：「深相憶，莫相憶，相憶情難極。」孫荊臺（按：孫光憲，五代後唐人，著有《荊臺集》）〈謁金門〉云：「留不得，留得也應無益。」皆歐陽永叔所謂陡健之筆。

〔清〕況周頤《餐櫻廡詞話》：《花間集》毛文錫三十一首，余祇喜其〈醉花間〉後段「昨夜雨霏霏」數語，情景不奇，寫出正復不易，語淡而眞，亦輕清，亦沈著。

牛希濟

生 平

牛希濟（872-？），五代前蜀詞人。原爲隴西（今甘肅一帶）人，少時遭喪亂，流寓巴蜀，依叔父牛嶠而居。後任職於前蜀朝中，蜀亡後，隨蜀後主王衍降於後唐。其詞《花間集》收錄十一首，《詞林萬選》收三首，共存詞十四首。詞筆清俊，善於白描。

〈生查子〉

春山煙欲收[1]，天淡稀星小。殘月臉邊明，別淚臨清曉。

語已多，情未了，回首猶重道：記得綠羅裙，處處憐芳草[2]。

注釋

1 煙欲收：清晨霧氣開始收斂、消散。

2 「記得」二句：為佳人臨別贈言，希望遠遊者能目睹草色，從而憶
　起喜著綠色羅裙的自己。詞句出自南朝江總妻〈賦庭草〉：「雨過
　草芊芊，連雲鎖南陌。門前君試看，是妾羅裙色。」

導讀

　　這是一首清新自然的小詞，書寫情侶在清晨依依話別的動人場
景。

　　詞作上片，以春日朝景（煙散、稀星、殘月）映襯著佳人臉邊的別
淚，下片的「語已多，情未了，回首猶重道」，則是有情人分別時的
寫照，似乎猶有未盡之意、未了之情。末兩句以佳人臨別贈言作結，
一方面期盼遠遊者能睹物思人，憐草惜芳；另一方面，也因為芳草碧
連天，寓有相思情意連綿不盡之意。

　　本詞結構屬「上景下情」的常見模式，不同於毛文錫〈醉花間〉
（休相問，怕相問，相問還添恨）的起筆陡健，但詞中的曉景真切如畫，
別情溫厚動人，晚清詞學家陳廷焯以之與柳永名作〈雨霖鈴〉（寒蟬
悽切）相提並論，近人俞陛雲也譽之為「五代詞中稀見之品」，可見
本詞在後世的確廣受好評。

析評

　　〔清〕陳廷焯《雲韶集》卷1：十字（按：指「記得綠羅裙，處處憐
芳草」兩句）別後神理，「曉風殘月」不過是也。

　　俞陛雲《唐五代兩宋詞簡釋》：牛希濟〈生查子〉言清曉欲別，
次第寫來，與（周邦彥）《片玉詞》之「淚花落枕紅綿冷」詞相似。
下闋言行人已去，猶回首丁寧，可見眷戀之殷。結句見天涯芳草，便
憶及翠裙，表「長勿相忘」之意。五代詞中稀見之品。

　　唐圭璋《唐宋詞簡釋》：此首寫別情。上片別時景，下片別時

情。起寫煙收星小，是黎明景色。「殘月」兩句，寫曉景尤眞切。殘月映臉，別淚晶瑩，並當時人之愁情，都已寫出。換頭，記別時言語，悱惻溫厚。著末，揭出別後難忘之情，以處處芳草之綠，而聯想人羅裙之綠，設想似癡，而情則極摯。

顧 敻

生平

　　顧敻，生卒年、字、里均不可考。前蜀通正年間（916），曾於內廷任職小臣，復仕於後蜀，累官至太尉，世稱「顧太尉」。敻工詞，性詼諧，詞風與溫庭筠相近，多寫男女艷情，今存詞五十五首，俱載於《花間集》。

〈訴衷情〉

　　永夜[1]拋人何處去，絕來音。香閣掩，眉斂，月將沈，爭忍[2]不相尋？怨孤衾。換我心，為你心，始知相憶深。

注釋

1 永夜：長夜。
2 爭忍：怎麼忍心，另有版本作「怎忍」。

導讀

　　本詞是唐宋詞常見的「閨怨」主題，寫深閨怨婦久候的哀怨與相思的苦悶。

　　詞作以「永夜拋人何處去」的提問揭開序幕，而後著意鋪陳等候時的情態（斂眉、怨）與背景（香閣掩、月將沈、孤衾），末三句「換我

心，爲你心，始知相憶深」，彷彿積壓已久的火山爆發，將等候時所累積的苦悶與怨恨噴薄而出，令人將心比心，感同身受。

本詞的直抒胸臆，成爲後人關注的特點。有謂其爲「透骨情語」者（如清初王士禛），有賞其「專作情語而絕妙」者（如民初的王國維），亦有嫌其不雅，訾其爲「傖父脣舌，都乏佳致」者（如清代乾隆年間的吳衡照）。

持平而論，本詞雖然稍嫌文字直白，迥異於晚唐五代詞常見的「以景結情」、「含蓄不盡」的表現手法，卻能深刻道出爲情所困、所苦之人的心聲，這也是本詞所以能膾炙人口、廣植人心的主要原因。

析 評

〔清〕王士禛《花草蒙拾》：顧太尉「換我心，爲你心，始知相憶深」，自是透骨情語。徐山民（按：南宋人徐照，號山民）「妾心移得在君心，方知人恨深」，全襲此。然已爲柳七（按：北宋柳永，於家族排行第七）一派濫觴。

〔清〕吳衡照《蓮子居詞話》卷2：言情以雅爲宗……（顧敻〈訴衷情〉）直是傖父脣舌，都乏佳致。

王國維《人間詞話刪稿》：詞家多以景寓情。其專作情語而絕妙者，如牛嶠之「甘作一生拚，盡君今日歡」；顧敻之「換我心，爲你心，始知相憶深」……此等詞，古今曾不多見。

劉永濟《唐五代兩宋詞簡析》：此亦閨人怨情之詞。「換我心」三句，乃人人意中語，卻能說出，所以可貴。

溫庭筠

生平

溫庭筠（812-870），本名歧，字飛卿，太原祁（今山西省祁縣）人。唐宣宗大中初，應進士，累試不第；而在科場中好代人作文，又喜譏刺時政，傲毀朝士。當路者惡之。《舊唐書》本傳稱其：「苦心硯席，尤長詩賦，初至京師，人士翕然推重。然士行塵雜，不修邊幅；能逐絃吹之音，爲側艷之詞。」蓋實錄也。

庭筠工詩，與李商隱並稱「溫李」，有詩集行世。詞有《握蘭》、《金荃》二集，原本不傳，今存六十餘首，散見《花間》、《尊前》諸集。他是文人中第一個大量塡詞的人，其詞多寫閨情，風格穠麗綿密，辭藻瑰麗，對後來詞的影響很大。

〈夢江南〉

千萬恨，恨極在天涯。山月不知心裡事，水風空落眼前花，搖曳碧雲斜。

梳洗罷，獨倚望江樓。過盡千帆皆不是，斜暉[1]脈脈[2]水悠悠，腸斷白蘋洲。

注釋

1 斜暉：斜陽餘暉。
2 脈脈：含情凝視貌，此代指夕陽光線微弱。

導讀

唐圭璋《唐宋詞簡釋》分別以「敘飄泊之苦」與「記倚樓望歸舟」來概括兩首詞作要旨。若依此說，則第一首詞主角爲飄泊游子，

第二首當爲閨中思婦。但若以《草堂詩餘別集》將兩首詞皆題爲「閨怨」，可推論兩詞的主角都是閨中女子。但不論何種說法，都是以「離恨」作爲詞中的情感基調。

第一首詞以「恨」領起，寫相思難言的心緒，第二首以「腸斷」作結，寫期盼歸人落空的心情。兩首詞作情景交融，情致宛轉，有別於溫詞穠艷富麗的特質。其中「過盡千帆」一詞，如今更儼然成爲閱歷豐富、飽經滄桑的代名詞。

析評

李冰若《栩莊漫記》：《楚辭》「望夫君兮未來，吹參差兮誰思？」「裊裊兮秋風，洞庭波兮木葉下。」幽情遠韻，令人至不可聊。飛卿此詞「過盡千帆皆不是，斜暉脈脈水悠悠。」意境酷似《楚辭》，而聲情綿紗，亦使人徒喚奈何也。柳（永）詞：「想佳人倚樓長望，誤幾回天際識歸舟」，從此化出，卻露鉤勒痕跡矣。

唐圭璋《唐宋詞簡釋》：溫詞大抵綺麗濃郁，而此兩首則空靈疏蕩，別具丰神。

〈菩薩蠻〉

小山¹重疊金明滅，鬢雲欲度香腮雪。懶起畫蛾眉，弄妝梳洗遲。　　照花前後鏡，花面交相映。新貼²繡羅襦³，雙雙金鷓鴣⁴。

注釋

1 小山：指屏風上的金碧山水畫；或指屏風展開時，俯瞰如山形。
2 貼：指貼布繡，將花布按圖樣剪好後釘在衣料上，另有在花布與繡面之間加上棉花襯墊，使圖案隆起而有立體感。
3 襦：短上衣。
4 金鷓鴣：金線繡的鷓鴣鳥，鷓鴣與鴛鴦同，皆有成雙之意。

　　本詞寫美人懶起、畫眉、弄妝、梳洗、穿衣、照鏡等晨妝動作，以其「顧影自憐」作結，描繪出深閨寂寞的美人形象。全詞用字華美，風格軟媚，堪稱是溫庭筠最富盛名的代表作。

　　王國維《人間詞話》以詞中的「畫屏金鷓鴣」概括溫庭筠詞作特色。詞中「懶起」且「梳洗遲」的孤單美人，雖有美貌卻未必見賞，猶如士人雖有才華卻未必被看重，只能退隱而獨善其身，即〈離騷〉所謂「退將復修吾初服」之意。清代常州詞派的張惠言（1761–1802）即以「感士不遇」來解讀本詞深意，後續引發不少爭論，認同者如清人陳廷焯《白雨齋詞話》由「寫怨夫思婦之懷，寓孽子孤臣之感」來解讀詞中的「沈鬱」之意；近人丁壽田、丁亦飛《唐五代四大名家詞》則就今人的反對意見加以釐清（請參見以下「析評」內容），有助於擴大本詞的流傳廣度與解讀深度。

析評

　　〔清〕張惠言《詞選》卷1：此感士不遇也。篇法彷彿〈長門賦〉，而用節節逆敘。此章以夢曉後領起。「懶起」二字，含後文情事；「照花」四句，〈離騷〉「初服」之意。

　　〔清〕陳廷焯《白雨齋詞話》卷1：所謂沈鬱者，意在筆先，神餘言外。寫怨夫思婦之懷，寓孽子孤臣之感，凡交情之冷淡，身世之飄零，皆可於一草一木發之。而發之又必若隱若現，欲露不露，反覆纏綿，終不許一語道破。匪獨體格之高，亦見性情之厚。飛卿詞，如「懶起畫蛾眉，弄妝梳洗遲」，無限傷心，溢於言表。

　　丁壽田、丁亦飛《唐五代四大名家詞》：此詞表面觀之，固一幅深閨美人圖耳。張惠言、譚獻輩將此詞與以下十四章一併串講，謂係「感士不遇」之作。此說雖曾盛行一時，而今人多持反對之論。竊以為單就此一首而言，張、譚之說尚可從。「懶起畫蛾眉」句似暗示蛾眉謠諑之意。「弄妝」、「照花」各句，從容自在，頗有「人不知而

不慍」之慨。……或謂飛卿不過一浪漫無行之失意文人，平生未遭何奇冤極禍，寧有悲天憫人之懷抱足以仰企屈子（原）？此說可商。夫浪漫無行不過當時社會之偏面批評，豈足以盡溫尉之人格？……如飛卿者，吾人肉眼不足以窺其多重人格，宜乎覺其詞與其人不相稱矣。

<h2>〈菩薩蠻〉</h2>

　　玉樓明月長相憶，柳絲裊娜[1]春無力。門外草萋萋，送君聞馬嘶。　　畫羅金翡翠[2]，香燭銷成淚。花落子規啼，綠窗[3]殘夢迷。

注釋

1 裊娜：纖長柔弱的樣貌。

2 金翡翠：指繡在羅帳上的翡翠鳥。

3 綠窗：古代女子以綠色紗絹貼窗，後借指女子的居室。

導讀

　　本詞為晚唐五代詞中常見「春女多思」相關主題的詞作。

　　首句「長相憶」為貫穿全詞的要旨。詞作上片追憶臨別依依、人去馬嘶的情景，下片則以燭淚、花落、鳥啼、殘夢等景象，極寫別後相思之苦。

　　詞中的「玉」、「金」、「香」等穠麗的字面，可與溫庭筠「畫屏金鷓鴣」的詞作特色相呼應，唯本詞不僅有佳句（如「玉樓明月長相憶」、「花落子規啼，綠窗殘夢迷」），兼且情景交融，清綺有味，全篇情韻實更勝「畫屏金鷓鴣」一首。

析評

　　〔清〕陳廷焯《白雨齋詞話》卷1：「花落子規啼，綠窗殘夢迷」，又「鸞鏡與花枝，此情誰得知」，皆含深意。此種詞，第自然性情，不必求勝人，已成絕響。後人刻意爭奇，愈趨愈下。

李冰若《栩莊漫記》：前數章時有佳句，而通體不稱，此較清綺有味。

<h2>〈菩薩蠻〉</h2>

水精[1]簾裡頗黎[2]枕，暖香惹夢鴛鴦錦。江上柳如煙，雁飛殘月天。　　藕絲[3]秋色淺，人勝[4]參差剪。雙鬢隔香紅，玉釵頭上風[5]。

注釋

1 水精：水晶。

2 頗黎：玻璃。

3 藕絲：近似白色的淺淡色調，此借指素雅的衣裳。

4 人勝：剪裁人形的綵緞，綴於首飾之上。據《荊楚歲時記》所載，自晉代開始，正月初七「人日」時，女子往往剪綵為人形，或鏤金箔作人形，插戴於兩鬢或貼於屏風。

5 頭上風：首飾因人走動而搖擺，如輕颺於風中。

導讀

本詞同樣聚焦於閨中思婦的相思情態與服飾樣貌。

詞作上片的「水精簾」、「頗黎枕」、「鴛鴦錦」寫閨中景物，下片的「藕絲」、「人勝」、「香紅」、「玉釵」則寫美人服飾，中間穿插了「江上柳如煙，雁飛殘月天」兩句，為夢中所見的景色，與第二句的「暖香惹夢」的情境前後貫串、呼應，沖淡了詞中因堆砌諸多名物所造成的穠麗厚重之感。前人鑒賞本詞多著眼於這兩句，可謂有識之見。

析評

〔清〕陳廷焯《白雨齋詞話》卷7：「江上柳如煙，雁飛殘月

天」，飛卿佳句也，好在是夢中情況，便覺綿邈無際。若空寫兩句景物，意味便減，悟此方許為詞。

〔清〕吳衡照《蓮子居詞話》卷1：飛卿〈菩薩蠻〉云：「江上柳如煙，雁飛殘月天。」〈更漏子〉云：「銀燭背，繡帘垂，夢長君不知。」〈酒泉子〉云：「月孤明，風又起，杏花稀。」作小令不似此著色取致，便覺寡味。

〈更漏子〉

玉爐香，紅蠟淚。偏照畫堂[1]秋思。眉翠[2]薄，鬢雲殘。夜長衾枕寒。　　梧桐樹，三更雨。不道[3]離情正苦。一葉葉，一聲聲。空階滴到明。

注釋

1 畫堂：指裝飾華美的室內。
2 眉翠：古人以黛綠畫眉，故云眉翠。
3 不道：不管、不顧。

導讀

溫庭筠詞集中，有不少書寫思婦夜深不寐或春閨寂寞的情景，以〈菩薩蠻〉詞牌為例，如：

・人遠淚闌干，燕飛春又殘。
・鸞鏡與花枝，此情誰得知？
・花露月明殘，錦衾知曉寒。
・春夢正關情，鏡中蟬鬢輕。
・春恨正關情，畫樓殘點聲。

〈菩薩蠻〉之外，〈更漏子〉也是溫庭筠常用的詞牌，例如：

> ・柳絲長，春雨細，花外漏聲迢遞。
> ・山枕膩，錦衾寒，覺來更漏殘。
> ・春欲暮，思無窮，舊歡如夢中。

讓人讀後不禁有往事悠悠，不知今夕何夕的迷離怳恍之感。

　　本首〈更漏子〉的「玉」、「香」、「紅」、「淚」等字，雖是溫庭筠詞作中所常見者，但詞中以「夜雨滴梧桐」的聲音來取代更漏聲，淒麗之中別有情致，是以頗受前人好評。

析評

　　〔宋〕胡仔《苕溪漁隱叢話・後集》卷17：庭筠工於造語，極為綺靡，《花間集》可見矣。〈更漏子〉一詞尤佳。

　　〔清〕陳廷焯《白雨齋詞話足本》卷6：飛卿〈更漏子〉三章，後來無人為繼。

　　李冰若《栩莊漫記》：飛卿此詞，自是集中之冠，尋常情景，寫來淒婉動人，全由秋思離情為其骨幹。宋人「枕前淚共窗前雨，隔個窗兒滴到明」，本此而轉成淡薄。溫詞如此淒麗有情致不為設色所累者，寥寥可數也。溫、韋並稱，賴有此耳。

韋 莊

生平

　　韋莊（836-910），字端己。京兆杜陵（今陝西省西安東南）人。僖宗廣明元年（880）應舉入長安，時值黃巢兵至，莊陷重圍，又爲病困，中和三年（883）在洛陽著〈秦婦吟〉一篇，內一聯云：「內庫燒爲錦繡灰，天街踏盡公卿骨」，時人號「秦婦吟秀才」。韋莊復南遊，攜家至越，其遊蹤所至，自金陵、蘇州、揚州、浙西、湖北、湖南、江西、安徽，皆有題詠。

　　昭宗景福2年（893）在外10年始還京師，次年考上進士。昭宗天復元年（901）入蜀，王建辟爲掌書記。宣宗天佑4年（907）唐亡，王建稱帝，一切開國制度，多出莊手。蜀高祖武成三年（910），卒於成都花林坊，諡文靖。

　　韋莊詞作與溫庭筠齊名，並稱「溫韋」。詞無集名，或以其詩集名之曰《浣花詞》，今存五十餘首，散見《花間》、《尊前》二集。

〈思帝鄉〉

　　春日遊，杏花吹滿頭。陌上誰家年少，足[1]風流。　　妾擬將身嫁與，一生休。縱被無情棄，不能羞。

注釋

1 足：程度副詞，非常。

導讀

　　本詞書寫的對象，爲春日郊外踏青的少女，在遇見意中人後，即心生傾慕，「擬將身嫁與，一生休」，表現出「熱烈大膽」且「執著

不悔」的感情觀。這種白描率眞的手法，在以「婉約含蓄」爲尙的晚唐五代小詞中，是頗爲少見的。

　　淸人賀裳以「作決絕語而妙」來評論本詞，認爲與柳永詞的名句——衣帶漸寬終不悔，爲伊消得人憔悴，有異曲同工之妙；而近人李冰若認爲本詞「爽雋如讀北朝樂府」，也是著眼於詞中直截熱烈表達方式，與其他委婉含蓄的詞作是截然不同的。

析評

　　〔淸〕賀裳《皺水軒詞筌》：小詞以含蓄爲佳，亦有作決絕語而妙者。如韋莊「誰家年少，足風流。妾擬將身嫁與，一生休。縱被無情棄，不能羞」之類是也。牛嶠「需作一生拚，盡君今日歡」，抑亦其次。柳耆卿「衣帶漸寬終不悔，爲伊消得人憔悴」，亦即韋意，而氣加婉矣。

　　李冰若《栩莊漫記》：爽雋如讀北朝樂府「阿婆不嫁女，那得孫兒抱」諸作。

〈菩薩蠻〉之一

　　紅樓[1]別夜堪惆悵，香燈半捲流蘇帳。殘月[2]出門時，美人和淚辭。　　琵琶金翠羽[3]，絃上黃鶯語。勸我早歸家，綠窗人似花。

注釋

1 紅樓：富貴人家的住所。
2 殘月：月將殘之時，即天快亮時。
3 金翠羽：裝金點翠的撥絃。

導讀

　　韋莊〈菩薩蠻〉共五首。本詞爲第一首，追憶當年離開洛陽時，美人勸其早歸的情景。

本詞雖多著色語，如紅、金、翠、黃、綠，並有紅樓、香燈、流蘇、美人等綺麗場景，但詞中的美人可謂活色生香，栩栩動人。不僅和淚相辭，且彈奏琵琶送別，臨別前並婉語規勸，有別於溫庭筠筆下靜默無聲的木頭美人形象。王國維《人間詞話》分別以「絃上黃鶯語」及「畫屏金鷓鴣」概括韋莊及溫庭筠詞作特色，確爲卓然有見。

析 評

唐圭璋《詞學論叢·唐宋兩代蜀詞》：所作〈菩薩蠻〉五首，譚復堂（譚獻）至謂可當詞中之〈古詩十九首〉。蓋深厚之情，無處不流露也。如：「勸我早歸家，綠窗人似花。」何等纏綿！「春水碧於天，畫船聽雨眠。」何等高華！「未老莫還鄉，還鄉須斷腸。」何等哀傷！「凝恨對斜暉，憶君君不知。」何等沉鬱！

詹安泰、湯擎民《詹安泰詞學論稿》：〈菩薩蠻〉五首，情思婉曲，風神俊逸，把它們和溫庭筠的同調作品相對比，最足看出他們不同的藝術風格。

〈菩薩蠻〉之二

人人盡說江南好，遊人只合[1]江南老。春水碧於天，畫船聽雨眠。　　壚[2]邊人似月，皓腕凝霜雪。未老莫還鄉，還鄉須斷腸。

注 釋

1 合：應該。
2 壚：以土築成的平台，周圍隆起而中間放置酒甕，用以賣酒。

導 讀

本詞藉由他人之口，道出「江南好」的內容：景色好（春水碧於天）、生活好（畫船聽雨眠）、美人好（壚邊人似月，皓腕凝霜雪）。末

二句以「未老莫還鄉」陡然一轉，似乎不以還鄉爲念，實則思鄉情切，不能自已。

　　由於這五首〈菩薩蠻〉是韋莊晚年寓居蜀地所作，故而有主張詞中的「江南」是指蜀地（見以下「析評」所附評論）。但當代詞學家葉嘉瑩則認爲，〈菩薩蠻〉五首中所寫的「江南」，都是確指江、浙一帶的江南（參見《唐宋詞十七講》），何況韋莊〈秦婦吟〉中，也有「傳聞有客金陵至，見說江南風景異」這類嚮往江南景色的句子，可見這組詞應是韋莊晚年寓居蜀地，回憶早年客遊江南的情景。

析評

　　〔清〕張惠言《詞選》卷1：此章述蜀人勸留之辭，及下章云「滿樓紅袖招」也。江南即指蜀。中原沸亂，故曰「還鄉須斷腸」。

　　〔清〕陳廷焯《白雨齋詞話》卷1：端己〈菩薩蠻〉云：「未老莫還鄉，還鄉須斷腸。」又云：「凝恨對斜暉，憶君君不知。」〈歸國遙〉云：「別後只知相愧，淚珠難遠寄。」〈應天長〉云：「夜夜綠窗風雨，斷腸君信否？」皆留蜀後思君之辭。時中原鼎沸，欲歸不能，端己人品未爲高，然其情亦可哀矣。

　　俞陞雲《唐五代兩宋詞選釋》：次章「江南好」指蜀中而言。皓腕相招，喻蜀王麋示好爵；還鄉斷腸，言中原板蕩，阻其歸路。「未老莫還鄉」句，猶冀老年歸去。

〈菩薩蠻〉之三

　　如今卻憶江南樂，當時年少春衫薄。騎馬倚斜橋，滿樓紅袖[1]招。　　翠屏金屈曲[2]，醉入花叢宿。此度見花枝[3]，白頭誓不歸[4]。

注釋

1 紅袖：此指青樓妓女。

2 金屈曲：屏風或門窗上的環紐。

3 花枝：代指鍾愛的女子。

4 白頭誓不歸：發誓一定要在江南終老，絕不離開。

導讀

　　本詞由老年韋莊的視角，回想年少身處江南之樂。

　　詞作上片著眼於昔日的旖旎情致：不僅有不畏春寒故著薄衫，甚且「騎馬倚斜橋」，故作風流瀟灑狀，引來「滿樓紅袖招」，也可見韋莊年少時流連青樓妓院的情狀。

　　詞作下片，首二句「翠屏金屈曲，醉入花叢宿」，則是承接上片的「紅袖招」，委婉道出其醉宿溫柔鄉。末二句語意翻轉，以今日白頭漂泊堪悲，反襯昔日羈旅江南之樂。加以如今兵戈滿眼，亂無已時，既知無法重返江南，遂故云「白頭誓不歸」，但決絕語背後，流露的是韋莊無法重返年少風流、江南之樂的淒楚心情。

析評

　　〔清〕張惠言《詞選》卷 1：上（一首）云「未老莫還鄉」，猶冀老而還鄉也。其後朱溫篡成，中原愈亂，遂決勸進之志。故曰：「如今卻憶江南樂。」又曰：「白頭誓不歸。」則此詞之作，其在相蜀時乎？

　　〔清〕陳廷焯《雲韶集》卷 1：風流自賞，決絕語，正淒楚語。

　　唐圭璋《唐宋詞簡釋》：起言「江南樂」，承前首「江南好」。以下皆申言江南之樂。春衫縱馬，紅袖相招，花叢醉宿，翠屏相映，皆江南樂事也。而紅袖之盛意殷勤，尤可戀可感。「此度」與「如今」相應。詞言江南之樂，則家鄉之苦可知。兵干滿眼，亂無已時，故不如永住江南，即老亦不歸也。

〈菩薩蠻〉之四

　　勸君今夜須沈醉，樽前莫話明朝事。珍重主人心，酒深情亦深。　　須愁春漏[1]短，莫訴金杯滿。遇酒且呵呵，人生能幾何。

注釋

1 春漏：春日的更漏，此指美好的時光。

導讀

　　本詞上片「春漏」二句寓有「及時行樂」之意。因身經亂離，一籌莫展，欲歸則勢有所不能，欲去則辜負「主人心」，情理不許，左右為難，無可奈何之餘，只能強自掙扎，聊以解嘲。詞中，下二句之「呵呵」乃勉強自歡的空洞笑聲，故作曠達語。

　　歷來關於「及時行樂」的詩詞名句頗多，本詞之外，其他如：

- 對酒當歌，人生幾何？譬如朝露，去日苦多。（曹操〈短歌行〉）
- 人生得意須盡歡，莫使金樽空對月。（李白〈將進酒〉）
- 且看欲盡花經眼，莫厭傷多酒入唇。（杜甫〈曲江二首〉）
- 莫思身外無窮事，且盡生前有限杯。（杜甫〈絕句漫興〉）
- 黃菊枝頭生曉寒，人生莫放酒杯乾。（黃庭堅〈鷓鴣天〉）

所列舉的詩詞內容，都有人生苦短、歡樂難遇，故而應把握當下、及時行樂。諸句雖然都有自我勉強或藉酒澆愁的成分，但本詞的「遇酒且呵呵」，更加具體的呈現了作者「行樂」背後無可奈何的心境。

析評

　　〔晚清〕鄭文焯《詞腴》卷上：承前首「醉入花叢宿」，此首言

受知遇之恩而不能辜負主人之心，為環境所迫而不得歸也。

丁壽田、丁亦飛《唐五代四大名家詞》：「珍重」二句，以風流蘊藉之筆調，寫沈鬱潦倒之心情，真絕妙好詞也。最後「人生能幾何」一語，有將以前「年少」、「白頭」等字樣一筆勾消之概。

葉嘉瑩《唐宋詞十七講》：一首短短的小詞之中，兩次用「須」字，兩次用「莫」字，而且「須」、「莫」兩個字總是前後相呼應的結合。……呵呵是空洞的笑聲，沒有真正歡笑的情感，可這正是他的好處。因為他本來在飲酒之中就沒有真正的歡樂。

〈菩薩蠻〉之五

洛陽城裡春光好，洛陽才子他鄉老。柳暗魏王堤[1]，此時心轉迷。　　桃花春水綠，水上鴛鴦浴。凝恨對斜暉[2]，憶君君不知。

注釋

1 魏王堤：唐代洛水在洛陽之南形成水池，唐太宗貞觀年間曾將當地賜給魏王李泰，故名「魏王池」。池邊築堤與洛水相隔，故稱「魏王堤」。

2 斜暉：傍晚西斜的日光。

導讀

韋莊年輕時曾在洛陽寫了〈秦婦吟〉，傳誦一時，人稱「秦婦吟秀才」。本詞上片首二句，應是韋莊回憶年輕時的往事，並以「洛陽才子」自稱。第三句的「柳暗魏王堤」，由魏王堤的柳蔭濃密，具體回應首句的「洛陽城裡春光好」，而「此時心轉迷」則又與第二句的「洛陽才子他鄉老」前後呼應，昔日徜徉在美好春光的洛陽才子，如今已流寓他鄉，轉眼髮白年老，令人思之淒迷，心境黯然。

詞作下片，五、六句的「桃花春水綠，水上鴛鴦浴」，再由眼前的西蜀春光，轉憶洛陽故鄉。末句「凝恨對斜暉」，不僅是即景所見，也暗寓唐朝日落西山的國祚，「憶君君不知」一句，更將韋莊的惓惓故國之思表露無遺，情感樸厚沈鬱。

析評

俞陛雲《唐五代兩宋詞選釋》：此〈菩薩蠻〉詞，致其鄉國之思。洛地風景，為唐初以來都城勝處，魏堤柳色，回首依依。結句言「憶君君不知」者，言君門萬里，不知羈臣戀主之憂也。

唐圭璋《唐宋詞簡釋》：此首憶洛陽之詞，身在江南，還鄉固不能，即洛陽亦不得去，回憶洛陽之樂，不禁心迷矣。起兩句，述人在他鄉，回憶洛陽春光之好。「柳暗」句，又說到眼前景色，使人心惻。末句，對景懷人，樸厚沉鬱。

〈女冠子〉

四月十七，正是去年今日。別君時，忍淚佯低面，含羞半斂眉。　　不知魂已斷，空有夢相隨。除卻天邊月，沒人知。

昨夜夜半，枕上分明夢見，語多時，依舊桃花面，頻低柳葉眉。　　半羞還半喜，欲去又依依。覺來知是夢，不勝悲。

導讀

王國維《人間詞話》以「絃上黃鶯語」來概括韋莊詞活色生香、清麗自然的特色，今人吳世昌也謂韋莊詞「全是直抒胸臆」、「了無雕飾」；唐圭璋同樣指出韋莊詞有「結句多暢發盡致」的特色（語見「析評」內容）。以上論點，可由兩首〈女冠子〉的內容驗證之。

兩首〈女冠字〉為聯章體詞作。既詳記分別的時間（四月十七、

昨夜夜半），也有分別時的場景（忍淚佯低面、含羞半斂眉），以及夢中重逢的畫面（依舊桃花面，頻低柳葉眉），甚至是醒後夢境成空的失落（空有夢相隨，覺來知是夢、不勝悲）。詞中人物的聲音笑貌宛然，讀者面前彷彿正播放著一幕幕有情人分別、重逢、夢醒的畫面。

　　兩首詞內容頗有當今「男女情歌對唱」的意味。讀者可透過詞中的關鍵字句，如「別君時，忍淚佯低面，含羞半斂眉」；「語多時，依舊桃花面，頻低柳葉眉」，來推敲兩首詞作何者為「男思女」？何者為「女念郎」的視角轉換。

析 評

　　吳世昌《詞林新話》卷2：端己詞，直達而已。如「去年今日」，全是直抒胸臆，如出水芙蓉，了無雕飾。曰「紆」曰「鬱」，都是厚誣作者，硬欺讀者。

　　唐圭璋《唐宋詞簡釋》：此首（按：指第二首）通篇記夢境，一氣趕下。夢中言語、情態皆真切生動。著末一句翻騰，將夢境點明，凝重而沉痛。韋詞結句多暢發盡致，與溫詞之多含蓄者不同。

〈荷葉杯〉

　　記得那年花下，深夜，初識謝娘[1]時。水堂[2]西面畫簾垂，攜手暗相期。　　惆悵曉鶯殘月，相別，從此隔音塵[3]。如今俱是異鄉人，相見更無因。

注 釋

1 謝娘：唐代對歌妓的泛稱，出自唐人白居易〈代謝好妓答崔員外〉：「青娥小謝娘，白髮老崔郎。」
2 水堂：近水的華屋。
3 隔音塵：音訊斷絕。音塵，代指「消息」。

由首句的「記得那年花下」，與詞末的「如今俱是異鄉人」兩相對照，可見本詞是韋莊感今追昔之作。

詞中回憶與佳人在「花下」、深夜及「水堂西面畫簾垂」的良辰美景中，與佳人一見傾心。原本「攜手暗相期」，私下互許終身，攜手偕老，不料短暫的「相別」卻成為永別。詞末的「如今俱是異鄉人，相見更無因」，以層遞的手法寫出兩人分別後，不僅「隔音塵」，彼此音訊斷絕，更因分隔異鄉，即使得知對方的訊息，也再無相見的機遇與因緣。

南宋楊湜《古今詞話》謂此詞乃韋莊因蜀主王建奪其愛妾所作，近人夏承燾撰《韋莊年譜》斥此說為謬妄（二說詳見「析評」）。但詞中人物（謝娘）、時間（深夜初識，曉鶯殘月相別）、地點（花下、水堂）清楚明晰，即使非關「王建奪妾」之事，也不難從中想像出兩位有情人，由初識至攜手相期、進而相別的情境，令人思之悵惘。

〔南宋〕楊湜《古今詞話》：「韋莊以才名寓蜀，蜀主建羈留之。莊有寵人，姿質艷麗，兼善詞翰，建聞之，托以教內人為詞，強奪去。莊追念悒怏，作〈荷葉杯〉、〈小重山〉諸詞，情意淒怨，人相傳播，盛行於時。姬後聞之，遂不食而卒。」

唐圭璋《詞學論叢・唐宋兩代蜀詞》：此詞傷今懷昔，亦是純用白描，自「記得」以下直至「相別」，皆回憶當年之事。當年之時間，當年之地點，當年之情景，皆敘得歷歷分明，如在昨日。「從此」三句，陡轉相見無因之恨，沉著已極。

〈荷葉杯〉

絕代佳人難得，傾國，花下見無期。一雙愁黛遠山眉[1]，不忍更思惟。　　閒掩翠屏金鳳[2]，殘夢，羅幕畫堂空。碧天無路信難通，惆悵舊房櫳[3]。

注釋

1 愁黛遠山眉：形容女子雙眉含愁的神態。黛，原為青黑色的顏料，古代女子常用來畫眉。遠山眉，出自《西京雜記》，漢代卓文君面容姣好，眉色如望遠山，後常以「遠山」代指女子的淡色眉妝。
2 翠屏金鳳：繪有金鳳凰圖案的綠色屏風。
3 房櫳：房屋。

導讀

本詞旨在抒發韋莊對情人別後的深切思念與人去樓空的惆悵。

詞作上片，韋莊先以讚歎的口吻，表明伊人是位難得的「絕代佳人」，接著感嘆對方具有「傾國」的魅力。兩句概括情人的絕世容顏的詞彙，實乃化用西漢武帝時，樂師李延年的〈佳人曲〉：「北方有佳人，絕世而獨立。一顧傾人城，再顧傾人國。寧不知傾城與傾國，佳人難再得。」詞作融合前人典故，渾然如出己手，可見韋莊高妙的創作功力。可惜難得的傾國佳人，如今卻「花下見無期」。與另一首〈荷葉杯〉的「記得那年花下，深夜，初識謝娘時」，卻在分別後「相見更無因」，兩首詞意可謂貫串相通。也因為相見無期，以下兩句遂想像佳人愁眉不展，讓人「不忍更思惟」。

詞作下片，以「翠屏金鳳」、「羅幕畫堂」暗示兩人曾經共同生活的美好場景，如今殘夢已醒，人去樓空，只見翠屏閒掩。詞末兩句「碧天無路信難通，惆悵舊房櫳」，再度渲染伊人遠去、獨對空房的黯然惆悵。

本詞的「見無期」、「畫堂空」、「信難通」，都是韋莊與情人分別後舊情難忘的惘然神傷，與上一首的〈荷葉杯〉爲聯章之作。清人許昂霄以「語淡而悲，不堪多讀」來概括兩首詞作，細細品味後，實有同感。

析 評

〔清〕許昂霄《詞綜偶評》：〈荷葉杯〉二闋，語淡而悲，不堪多讀。

〔清〕陳廷焯《詞則・別調集》卷1：「不忍更思惟」五字，凄然欲絕。姬獨何心能勿腸斷耶？

〈小重山〉

一閉昭陽春又春[1]。夜寒宮漏[2]永，夢君恩。臥思陳事暗銷魂。羅衣溼，紅袂有啼。　歌吹隔重闈[3]。繞亭芳草綠，倚長門[4]。萬般惆悵向誰論？凝情立，宮殿欲黃昏

注 釋

1 昭陽：漢宮殿名，此指蜀王王建後宮。春又春，指年復一年。
2 宮漏：古代宮中計時器，因以銅壺滴漏計時，故名。
3 重闈：重重宮門。闈，音昏，本指掌管宮門的守衛，此代指宮門。
4 長門：漢宮殿名，因漢武帝皇后陳阿嬌失寵後，退居長門宮，後世遂多代指為后妃失寵後所住的冷宮。

導 讀

本詞是韋莊爲失寵宮人代言。由詞中的宮漏永、夢君恩，思陳事、羅衣溼、倚長門、凝情立、欲黃昏等情景，不難想像失寵宮人年復一年的等待與苦悶。

韋莊詞中，多見「惆悵曉鶯殘月，相別，從此隔音塵」、「碧天無路信難通，惆悵舊房櫳」、「萬般惆悵向誰論？凝情立，宮殿欲黃

昏」這類惆悵無奈之情，讓人讀後，也不禁迴盪在詞境之中，心旌搖曳、黯然傷神。

析評

〔明〕李廷機《草堂詩餘評林》卷 3：宮詞有云「玉顏不及寒鴉色，猶帶昭陽日影來」，所謂怨而不怒，最爲得體者。

俞陛雲《唐五代兩宋詞選釋》：莊追念（寵姬）悒怏，作〈荷葉杯〉諸詞，情意淒怨。〈荷葉杯〉之第一首言含怨入宮，次首回憶初見之時。〈小重山〉詞則明言「一閉昭陽」，經年經歲「紅袂」、「黃昏」等句，設想其深宮之幽恨。……〈荷葉杯〉之前首及〈小重山〉，尤爲淒惻。

〈浣溪沙〉

夜夜相思更漏[1]殘，傷心明月憑欄干。想君思我錦衾寒。
咫尺畫堂深似海，憶來唯把舊書[2]看，幾時攜手入長安？

注釋

1 更漏：古代夜間以漏壺計時報更，故又稱更漏。此指夜晚的時間。
2 舊書：過去寄來的書信。

導讀

本詞旨在書寫別後懷人相思之情。

詞作上片，首二句點出兩人別後，夜深不寐、憑欄憶舊的深刻相思。以下不言「己思人」，反言「人思我」，猶如杜甫〈月夜〉之「今夜鄜州月，閨中之獨看」，由對面著想，誠如李冰若所謂「語彌淡而情彌深」，讓閨中念遠之情更加深刻感人。

詞作下片，改由「己憶人」的角度書寫。「咫尺畫堂深似海」一句，可見兩人明明相距不遠，卻因故無法相見。吳世昌《詞林新話》

遂據此而推論：「莊有姬爲王建所奪一事果眞，則此首必爲憶姬之作。」正因相見無期，唯有把讀舊時書信，聊慰相思，對比昔日「攜手入長安」的心願，如今已然無法實現，呼應了上片的夜夜相思、憑欄傷心之情。

本詞的「咫尺畫堂深似海」，與〈荷葉杯〉之「碧天無路信難通」，都是有情人被迫分隔兩地，以致「相思相望不相親」（清・納蘭性德詞）的悲痛傷情。傳說韋莊諸詞傳入蜀宮後，愛姬「見之益慟，不食而卒」，可見其詞作感人至深。即使本詞不是韋莊憶姬所作（按：今人夏承燾《韋端己年譜》考訂韋莊生平，主張蜀主王建奪韋莊愛姬之說，乃後人附會之言），也是一首淒惻動人的絕妙情詞。

析|評

李冰若《栩莊漫記》：「想君思我錦衾寒」句，由己推人，代人念己，語彌淡而情彌深矣。

俞陛雲《唐五代兩宋詞選釋》：端己相蜀後，愛妾生離，故鄉難返，所作詞本此兩意爲多。此詞冀其「攜手入長安」，則兩意兼有。端己哀感諸作，傳播蜀宮，姬見之益慟，不食而卒。惜未見端己悼逝之篇也。

吳世昌《詞林新話》卷2：若莊有姬爲王建所奪一事果眞，則此首必爲憶姬之作，「咫尺畫堂深似海」，便是最好說明。且此句在其他任何情形之下，皆用不上。因姬被奪故悔恨欲返長安，其留蜀當爲等待機會，猶望能與之團圓也。

馮延巳

生平

　　馮延巳（903-960），又名延嗣，字正中，廣陵（今江蘇省揚州市）人，事南唐二主，官至同平章事、太子太傅。少時即有才學，長而學問淵博，辯說縱橫，自編詞集《陽春集》，惜已亡佚。

　　詞風清麗多彩，委婉情深，多寫閨閣情事與離愁別恨，藝術水平甚高，對北宋初期詞人影響甚巨，詞作甚至常混入晏殊、歐陽修等人的詞集中。

〈謁金門〉

　　風乍起，吹皺一池春水。閒引鴛鴦香徑裡，手挼[1]紅杏蕊。　　鬥鴨闌干[2]獨倚，碧玉搔頭[3]斜墜。終日望君不見君，舉頭聞鵲喜。

注釋

1 挼：同挼，搓揉、摩擦。
2 鬥鴨闌干：古代富貴人家養鬥鴨於池中，以闌干圍之，使之相鬥為戲。
3 碧玉搔頭：即碧玉簪。《西京雜記》載：「（漢）武帝過李夫人，就取玉簪搔頭。」可見古人早有以碧玉簪搔頭之習。

導讀

　　本詞生動細緻的描繪了獨處深閨少婦的動作與神情。

　　詞作上片，少婦由一開始的漫不經心散步、挼花，到下片的獨倚闌干看鬥鴨，渾然不覺髮簪斜墜，因為心思全聚焦在「終日望君君不

至」，全詞最後以「舉頭聞鵲喜」收束全篇。既可解讀爲詞中少婦被喜鵲叫聲驚醒，以鵲鳥之「喜」反襯自己「望君不至」之悲；另一方面，也不妨理解爲象徵好運的喜鵲叫聲，讓終日望澤希寵的少婦燃起了一絲希望。

　　本詞另有一則與之相關的軼事，見於《南唐書》記載：「元宗（按：指南唐中主李璟）嘗戲延巳曰：『吹皺一池春水』，干卿何事？延巳曰：未若陛下『小樓吹徹玉笙寒』，元宗悅。」由於故事中的「吹皺一池春水，干卿何事」，頗爲深入人心，以致「吹皺一池春水」在今日也成了「多管閒事」的代名詞。

析評

　　〔宋〕李清照《詞論》：五代干戈，四海瓜分豆剖，斯文道熄。獨江南李氏君臣尚文雅，故於「小樓吹徹玉笙寒」、「吹皺一池春水」之詞，語雖奇甚，所謂亡國之音哀以思也。

　　〔明〕沈際飛《草堂詩餘四集・正集》：聞鵲報喜，須知喜中還有疑在，無非望澤希寵之心，而語自清雋。

　　〔清〕李佳《左庵詞話》卷下：馮延巳詞「風乍起，吹皺一池春水」，自是妙語。南唐後主（按：應爲中主）曰「干卿何事」，此語便覺隱含譏諷。

　　〔清〕陳廷焯《詞則・閑情集》卷1：結二語，若離若合，密意痴情，宛轉如見。

〈南鄉子〉

　　細雨溼流光[1]，芳草年年與恨長。煙鎖鳳樓無限事，茫茫。鸞鏡鴛衾兩斷腸。　　魂夢任悠揚，睡起楊花[2]滿繡牀。薄倖[3]不來門半掩，斜陽，負你殘春淚幾行。

注釋

1 流光：草葉為雨打溼後閃閃發光。另有一說，指流逝的時光。
2 楊花：即柳絮。
3 薄倖：指薄情郎。

導讀

　　本詞雖是一首閨怨情詞，但詞中並未如溫庭筠般，著意於描繪婦女的容貌服飾，反而是結合外在景物來刻畫人物內在情態。如詞中的「芳草年年與恨長」、「煙鎖鳳樓無限事」、「鸞鏡鴛衾兩斷腸」、「負你殘春淚幾行」等句，都有別於《花間詞》常見的「上景下情」或是「以女性服飾委婉表現情態」的手法。

　　詞作首句「細雨溼流光」，不僅是春草在雨後搖曳、草上水珠光點流動的景象，也不妨引申為：青春時光在漫長細雨中逐漸消逝。結合末句的「負你殘春淚幾行」，讓人不禁在腦海中浮現出「春女善感」的畫面——閨中棄婦因有感於青春年華流逝、舊日恩情難續，在夕陽餘暉映照下黯然神傷。由於詞句迷離微妙，情景並美，故而成為歷代詞評家賞愛的名句，王國維《人間詞話》更稱譽本句為「能攝春草之魂者也」。

析評

　　〔宋〕張端義《貴耳集》卷上引周文璞云：《花間集》只有五字絕佳——「細雨溼流光」，景意俱微妙。

　　俞陛雲《唐五代兩宋詞選釋》：起二句，情景並美。下闋夢與楊花，迷離一片，結句何幽怨乃爾。

　　王國維《人間詞話》：人知和靖（林逋）〈點絳唇〉、聖俞（梅堯臣）〈蘇幕遮〉、永叔（歐陽修）〈少年游〉三闋，為詠春草絕調，不知先有正中（馮延巳）「細雨溼流光」五字，皆能攝春草之魂者也。

〈蝶戀花〉

　　誰道閒情拋擲久？每到春來，惆悵還依舊。日日花前常病酒[1]，不辭鏡裡朱顏瘦。　　河畔青蕪[2]堤上柳，為問新愁，何事年年有？獨立小橋風滿袖，平林新月人歸後。

注釋

1 病酒：因飲酒過量而感到難受。
2 青蕪：青草。

導讀

　　本詞表達了作者傷春悵惘、屢屢掙扎、終究難以放棄的心情，可說是馮延巳詞集中最常被選錄的代表作。

　　詞作上片，以「誰道」的反問句式，表達對於「閒情」欲忘卻難忘，想拋擲卻無法割捨的矛盾情緒。後兩句「日日花前常病酒，不辭鏡裡朱顏瘦」，更進一步強調：明知努力無益，徒然「病酒」、「消瘦」，卻還是日日如常、在所不辭，也可見「閒情拋擲久」根本是自欺欺人，徒勞無功。

　　詞作下片，由內在掙扎矛盾的情緒轉移到外在的景物。首句的「河畔青蕪堤上柳」，呼應上片的「每到春來」，又是萬物生發萌芽的春季，但心中的「新愁」也隨之「年年有」，年復一年的蔓生滋長。詞末兩句，將心中的淒楚無奈寓於眼前所見所感，「獨立小橋風滿袖」一句，寫其孤立無援而備覺風寒刺骨；「平林新月人歸後」，眼前景色由白日的河畔青蕪乃至月上林梢，行人漸歸，既見其冷清孤獨，也可想見其佇立良久，心緒難平。

　　王國維曾比較溫庭筠、韋莊與馮延巳三家詞，認為：「溫、韋之精艷，所以不如正中者，意境有深淺也。」（《人間詞話》附錄二），葉嘉瑩《靈谿詞說》曾針對這點加以補充，指出溫庭筠詞作：「雖能以精美之物象引起人之聯想，然而缺乏主觀之感情。」韋莊詞，雖然

「極富有直接感動之力，然而又因其對於詞中之人物、地點、情事，敘事過於明白，遂反而為情事所拘限，不易引起讀者更深遠之聯想。」馮延巳的詞作則兼有兩家之長，「既富於主觀直接感發之力量，而又不為外表事件所拘限」，詞中書寫的，「但為一種感情之境界，而非一種感情之事件。」詞中「日日花前常病酒，不辭鏡裡朱顏瘦」二句，饒宗頤《人間詞話平議》以「鞠躬盡瘁，具見開濟老臣懷抱。」為評，令人聯想到諸葛亮「明知不可為而為之」，鞠躬盡瘁、死而後已的精神。馮延巳的「詞境」所以「堂廡特大」，甚至影響北宋晏殊與歐陽修兩位詞人，讀者可透過本詞，具體掌握要點所在。

析 評

〔清〕劉熙載《藝概‧詞概》：馮正中詞，晏同叔得其俊，歐陽永叔得其深。

王國維《人間詞話》：馮正中詞，雖不失五代風格，而堂廡特大。

俞陛雲《唐五代兩宋詞選釋》：詞家每先言景，後言情，此詞先情後景，結末二句寓情於景，彌覺風致夷猶。

唐圭璋《詞學論叢‧論詞之作法》：惟以問語起，更表出內心之沉痛，如云：「春花秋月何時了，往事知多少。」（李後主〈虞美人〉）「誰道閒情拋擲久，每到春來，惆悵還依舊。」……此種起法，是從千回百折之中，噴薄而出，故包含悔恨、憤激、哀傷種種情感，讀之倍覺警動。

〈采桑子〉

花前失卻遊春侶，獨自尋芳，滿目悲涼，縱有笙歌亦斷腸。　林間戲蝶簾間燕，各自成雙。忍更[1]思量，綠樹青苔半夕陽。

1忍更：忍不住。

導讀

　　本詞同樣展現了馮延巳「纏綿鬱結」的詞情特點。

　　詞作上片，由失侶而獨自尋芳寫起，帶出「悲涼」、「斷腸」的沈痛之情。下片則以流連成雙的戲蝶與飛燕，更襯託了失侶之人形單影隻、觸處生悲之情。末句「綠樹青苔半夕陽」，是晚唐五代詞中常見的「以景結情」（以景色收束感情）的手法，有餘不盡的情意與景色相融相合，達到了「言有盡而意無窮」的妙境。

　　本詞「情景交融」的手法，在馮延巳另一首〈釆桑子〉「滿院春風，惆悵牆東，一樹櫻桃帶雨紅。」、「愁心似醉兼如病，欲語還慵，日暮疏鐘，雙燕歸棲畫閣中。」以及〈抛球樂〉之「歸去須沈醉，小院新池月乍寒。」都有相似之處，讀者不妨取而對照、參看。

析評

　　〔清〕陳廷焯《詞則・別調集》：纏綿沈著。

　　俞陛雲《唐五代兩宋詞選釋》：「夕陽」句寄慨良深，不得以綺語目之。

　　唐圭璋《唐宋詞簡釋》：此首觸景感懷，文字疏雋。上片，徑寫獨遊之悲，笙歌原來可樂，但以無人偕游，反增淒涼。下片，因見雙蝶、雙燕、又興起己之孤獨。「綠樹」句，以景結，正應「滿目悲涼」句。

〈鵲踏枝〉

　　梅落繁枝千萬片，猶自多情，學雪隨風轉。昨夜笙歌[1]容易散，酒醒添得愁無限。　　樓上春山寒四面，過盡征鴻，暮景煙深淺。一晌憑欄人不見，鮫綃[2]掩淚思量遍。

注釋

1 笙歌：泛指聲色娛樂。

2 鮫綃：相傳為鮫人所織之絲織品。據晉人張華《博物志》記載：「南海外有鮫人，水居如魚，不廢織績，其眼能泣珠。」此處代指珍貴的絲帕。

導讀

　　本詞上片的「笙歌易散」、「酒醒添愁」；下片的「樓上春寒」、「掩淚思量」，同樣展現馮延巳詞作「纏綿鬱結」的情感特色。此外，梅花雖落而「猶自多情，學雪隨風轉」；憑欄不見人而以「鮫綃」掩淚，生動的景色描繪與細膩的情感刻畫，也是馮延巳詞作的獨到之處。

　　由於馮延巳身為南唐中主李璟的宰相，屢遭朝臣彈劾，旋降旋復。後代詞評家也多結合其特殊的生平遭際，來解讀詞作背後所寄寓的情志。對照以下「析評」內容，如晚清張采田認為本詞是「賢人君子不得志發憤之所作」；清末馮煦也以馮延巳自負才略卻無法匡轉南唐局勢，以致「危苦煩亂之中，鬱不自達」，來解讀詞中的憂患意識；陳秋帆也呼應此說，彰顯《陽春集》的愁苦哀傷之致。葉嘉瑩《唐宋詞十七講》更詳細說解本詞，為讀者揭示馮延巳詞「在苦難悲哀走向滅亡之中，都要掙扎的用情的態度。」以上說解內容，都有助於把握馮延巳《陽春集》所寄寓的「鬱抑怡恍」之情。

析評

　　〔清〕張采田〈曼陀羅詞序〉：正中身仕偏朝，知時不可為，所為〈蝶戀花〉諸闋，幽咽怡恍，如醉如迷，此皆賢人君子不得志發憤之所作也。

　　〔清〕馮煦〈陽春集序〉：翁（延巳）俯仰身世，所懷萬端，繆悠其辭，若顯若晦，揆之六義，比興為多。若《蝶戀花》（即《鵲踏枝》）諸作，其旨隱，其詞微，類勞人、思婦、羈臣、屏子鬱伊怡恍

之所為。翁何致而然耶？周師南侵，國勢岌岌；中主既昧本圖，汝不自強。……翁負其才略，不能有所匡轉，危苦煩亂之中，鬱不自達者，一於詞發之。

〔清〕陳秋帆《陽春集箋》：愁苦哀傷之致動於中。蒿庵（按：清末馮煦，號蒿庵）所謂「危苦煩亂，鬱不自達，發於詩餘」者。

葉嘉瑩《唐宋詞十七講》：（梅花）已經成為零落千萬片的落花了，還猶自多情。我說的就正是馮正中用情的那種固執，那種執著，那種在苦難悲哀走向滅亡之中，都要掙扎的用情的態度。……馮正中表現的是一種悲劇精神，是一種品格，是一種操守。

〈拋球樂〉

酒罷歌餘興未闌，小橋流水共盤桓[1]。波搖梅蕊當心[2]白，風入羅衣貼體寒。且莫思歸去，須盡笙歌此夕歡。

注釋

1 盤桓：意同「徘徊」，流連不進。
2 當心：水的波心，亦即「水中央」。

導讀

本詞寫的是「酒罷歌餘」之後，意興未衰，故而徘徊流連於小橋流水處，擬待興盡方歸。

馮延巳有不少以〈拋球樂〉詞牌填寫的詞作，與本首「且莫思歸去，須盡笙歌此夕歡」的詞意相近者，例如：

・咫尺人千里，猶憶笙歌昨夜歡。
・盡日登高興未殘，紅樓人散獨盤桓。
・歌闌賞盡珊瑚樹，情厚重斟琥珀杯。
・水調聲長醉裡聽，款舉金觥勸，誰是當筵最有情？

以上詞句，都有「宴罷餘興未闌」之感。李商隱〈花下醉〉之「客散酒醒深夜後，更持紅燭賞殘花」，同樣寫出對生命美好片刻的不捨與眷戀。

　　此外，本詞三、四兩句「波搖梅蕊當心白，風入羅衣貼體寒」，既是寫眼前所見景色，又寓有深隱幽微的情致，是本詞的精妙之處。以下「析評」附錄葉嘉瑩《唐宋詞十七講》精彩詳細的說解內容，供讀者參考。

析 評

　　葉嘉瑩《唐宋詞十七講》：「波搖梅蕊」的「當心」，本質上是指波心，可是與下邊的「風入羅衣」的「貼體」一結合，這個心就成了詞人之心了。那搖動的波光，那梅花的花影，就不只是在波心之中搖動，也是在詞人之心中搖動。……可是馮正中，你為什麼不回去休息？你為什麼不到屋子裡邊找一個溫暖的地方躲避？他說了，「且莫思歸去，須盡笙歌此夕歡」。所以我說，馮延巳有悲劇精神。他有奮鬥，有掙扎，有反省，而且有永遠也不放棄的這種精神。

李璟

生平

　　李璟（916-961），初名景通，字伯玉。南唐烈祖李昇之長子，於金陵嗣位稱帝。後周出兵敗南唐，李璟奉表爲其附庸，削去帝號，改稱南唐國主。在位十九年，史稱中主。

　　李璟富有才藝，尤工詩詞，今存其詞四闋。中主、後主皆招延任用詞人，使南唐成爲西蜀以外的另一個作詞中心。

〈攤破浣溪紗〉

　　菡萏[1]香銷翠葉殘，西風愁起綠波間。還與韶光[2]共憔悴，不堪看。　　細雨夢回雞塞[3]遠，小樓吹徹[4]玉笙寒。多少淚珠何限恨，倚欄干。

注釋

1 菡萏：荷花的別稱。
2 韶光：美好的時光。
3 雞塞：原指陝西橫山縣西，此泛指邊塞遠方。
4 吹徹：吹到最後一曲。徹：大曲中的最後一遍。

導讀

　　本詞上片由西風吹起，荷花香銷葉殘寫起，閨中思婦因有感於時節變異，引發韶光易逝、年華漸老的憔悴之感。詞作下片，寫思婦夢中與戍守邊塞的征夫重逢，以及夢醒後的寒冷淒淸。詞末以思婦憑欄遠眺，珠淚紛紛作結，爲懷人念遠的淒涼之情再添一筆。

以詞作的主題而言，本詞旨在抒寫思婦懷念遠人之情，故「細雨夢回雞塞遠，小樓吹徹玉笙寒」二句，多少相思寂寞，盡在小樓迴盪的玉笙之中，無怪乎成為本詞傳頌人口的佳句。

但若以詞句所引發的聯想感動而言，「菡萏香銷翠葉殘，西風愁起綠波間」，實與歷來「悲秋」文學主題的感慨相通，如宋玉的「悲哉，秋之為氣也！蕭瑟兮草木搖落而變衰。」（〈九辯〉）陳子昂的「遲遲白日晚，裊裊秋風生。歲華盡搖落，芳意竟何成？」（〈感遇〉）或是杜甫的「萬里悲秋常作客，百年多病獨登臺」（〈登高〉），都因時節變易而聯想到生命衰殘、壯志未酬的悲哀。王國維《人間詞話》謂首二句有「眾芳蕪穢、美人遲暮之感」，甚至比「細雨夢回雞塞遠，小樓吹徹玉笙寒」更具深意，即是著眼於句中的興發感動而言。

本詞歷來的另一個爭議焦點，源於《南唐書》所載：中主李璟與宰相馮延巳曾拈出彼此詞句，互相品評打趣，歷來詞評家也沿續此議題，就兩詞的高下遂針對兩詞高下進行論爭。讀者可參考以下「析評」內容而得見其要。

析 評

〔宋〕馬令《南唐書》卷 21〈馮延巳傳〉：元宗樂府詞云「小樓吹徹玉笙寒」延巳有「風乍起，吹皺一池春水」之句，皆為警策。元宗嘗戲延巳曰：「吹皺一池春水，干卿何事？」延巳曰：「未如陛下，『小樓吹徹玉笙寒』。」元宗悅。

〔清〕賀裳《皺水軒詞筌》：南唐主語馮延巳曰：「『風乍起，吹皺一池春水』，何與卿事？」馮曰：「未若『細雨夢回雞塞遠，小樓吹徹玉笙寒』。」不可使聞於鄰國，然細看詞意，含蓄尚多。

俞陛雲《唐五代兩宋詞選釋》：馮延巳對中主語，極推重「小樓」七字，謂勝於己作。今就詞境論，「小樓」句，固極綺思清愁，

而馮之「風乍起，吹皺一池春水」，託思空靈，勝於中主。

　　王國維《人間詞話》：南唐中主詞「菡萏香銷翠葉殘，西風愁起綠波間」，大有衆芳蕪穢、美人遲暮之感。乃古今獨賞其「細雨夢回雞塞遠，小樓吹徹玉笙寒」，故知解人正不易得。

李　煜

生平

　　李煜（937-978），字重光，南唐中主李璟第六子，在位十五年，史稱南唐後主。宋軍圍攻金陵，李煜肉袒出降，隨即送解至汴京，受封違命侯；宋太宗即位改封隴西公，後賜予毒酒毒死。

　　李煜博通衆藝，工書畫，通曉音律，詞尤富盛名。其詞以南唐滅亡爲界，分前、後兩期。前期以帝王之尊，寄情於深宮清歌艷舞及與大、小周后的恩愛纏綿；後期國亡身辱，詞風亦一變爲悲壯悽厲，淒涼怨慕。語言自然精煉，境界開闊，王國維《人間詞話》評曰：「詞至李後主而眼界始大，感慨遂深，遂變伶工之詞爲士大夫之詞。」

〈玉樓春〉

　　晚妝初了明肌雪，春殿嬪娥魚貫列。鳳簫吹斷水雲間[1]，重按霓裳[2]歌遍徹[3]。　　臨風誰更飄香屑，醉拍闌干情未切。歸時休放燭花紅，待踏馬蹄清夜月。

注釋

1 鳳簫吹斷水雲間：形容鳳簫聲音響徹雲霄。
2 霓裳：霓裳羽衣，為盛唐著名樂曲。
3 歌遍徹：唱完組曲中的最後一首。

本詞描繪南唐宮廷的宴會歌舞情景。首二句以魚貫入場的嬪娥展現「視覺之美」，三、四兩句則著眼於宴會時的「聽覺之歡」，五、六兩句轉至「嗅覺之樂」，七、八兩句則寫宴會之後的餘興雅趣，從中可見李後主注重生活情趣與美感享受。尤其是「吹斷」、「遍徹」、「未切」等字詞，不難體會李後主在歌舞饗宴時，恣意縱情，意猶未盡的情態；詞末的「待踏馬蹄清夜月」，不僅寫出「馬蹄踏在灑滿月光的路上」之意，甚至連「馬蹄得得的聲音都傳入耳中」，展現李後主詞作「聲情合一」的特點（見「析評」所附葉嘉瑩詞評）。

綜觀李後主一生，可以其「亡國被俘」為分界線。亡國之前的後主，堪稱是「無愁天子」，除了本詞所寫的歌舞場景外，對照明人馮夢龍《古今譚概》之「侈汰部」記載：

　　宋時，江南平，大將獲李後主寵姬，見燈輒閉目，云「煙氣」。易以蠟燭，亦閉目云：「煙氣愈甚！」曰：「然則宮中未嘗點燭耶？」云：「宮中本閣，每至夜則懸大珠，光照一室，如日中。」觀此，則李氏之豪侈可知矣。

以夜明寶珠取代蠟燭，避免宮中煙氣瀰漫，不僅是晚明的馮夢龍頗覺「豪侈」，將此事列入書中的「侈汰部」，即使以當代的物質條件而言，也不禁要稱羨於南唐這種「既環保又舒適」的宮廷夜生活。

〔明〕楊慎《評點草堂詩餘》卷二：何等富麗侈縱。觀此，那得不失江山？

俞陛雲《唐五代兩宋詞選釋》：此詞極富貴，而〈浪淘沙令〉「流水落花春去也，天上人間」，又極悽惋，則富貴亦一場春夢耳。

葉嘉瑩《唐宋詞十七講》：「待踏馬蹄清月」，待、踏、蹄都是舌頭音。就不僅是在意思上說出來馬蹄的意思，而且在聲音上，甚至於連馬蹄踏在灑滿月光的路上，那種馬蹄得得的聲音都傳入耳中了。這是李後主的特色，李後主是最能夠聲情合一的作者。

〈浣溪沙〉

　　紅日已高三丈透[1]，金爐次第添香獸[2]，紅錦地衣[3]隨步皺。　　佳人舞點[4]金釵溜，酒惡[5]時拈花蕊嗅，別殿遙聞簫鼓奏。

注釋

1 透：超過。
2 香獸：用香料做成獸形的炭。
3 地衣：地毯。
4 舞點：按照樂曲的節拍舞蹈。
5 酒惡：醉酒。據北宋趙令畤《侯鯖錄》卷8所載：「金陵人謂中酒曰『酒惡』，則知後主詩云：『酒惡時拈花蕊嗅』，用鄉人語也。」

導讀

　　本詞可說是一幅南唐宮中的白日行樂圖。結合上一首〈玉樓春〉的宮中夜宴歌舞場面，更能具體得見南唐宮廷生活的安逸富麗。

　　詞作由南唐宮廷歡宴之後的場景寫起。負責整理打掃的宮人等到「日高三丈」後才開始執行添香或打掃的勤務，表演歌舞的佳人，因練舞而至金釵溜地，因宿醉而以嗅花為解，末句再添一筆，以「別殿遙聞簫鼓奏」的背景音樂作結，也暗示了白日歌舞行樂、簫鼓伴奏，並非局限於宮中特定一隅，而是普遍的生活日常。

　　後人論及本詞，多聚焦在詞中所展示的「富貴氣」。如歐陽修以

貧人「時挑野菜和根煮，旋斫生柴帶葉燒」，與本詞的帝王豪奢生活相較，更可見「富貴愁怨」是與作者的生活環境密切相關。今人俞陛雲謂本詞雖然「示人以荒宴無度」，但「論其詞，固極豪華妍麗之致」；劉永濟也由詞中的「紅錦地衣」推論當時江南的生產力已十分發達，統治者的享受也極其侈靡，南唐所以亡國，其實是有跡可尋的。

析評

〔宋〕魏慶之《詩人玉屑》引《摭遺》：歐陽文忠（按：歐陽修）曰：「詩源乎心者也。富貴愁怨，見乎所處。」江南李氏巨富，有詩曰：「簾日已高三丈透」與「時挑野菜和根煮，旋斫生柴帶葉燒」，異矣。

俞陛雲《唐五代兩宋詞選釋》：《捫虱新話》云：「帝王文章，自有一般富貴氣象。」此語誠然。但時至日高三丈，而金爐始添獸炭，宮人趨走，始踏皺地衣，其倦勤晏起可知。恣舞而至金釵溜地，中酒而至嗅花為解，其酣嬉如是而猶未滿足，簫鼓尚聞於別殿。作者自寫其得意，如穆天子之為樂未央，適示人以荒宴無度，寧止楊升庵譏其忕富貴耶？但論其詞，固極豪華妍麗之致。

劉永濟《唐五代兩宋詞簡析》：此南唐亡前李煜所寫宮中行樂之詞。此時江南，生產力已發達，統治者享受極其侈靡，錦作地衣，即其證。

〈一斛珠〉

晚妝初過。沉檀[1]輕注[2]些兒個。向人微露丁香顆[3]，一曲清歌，暫引櫻桃破。　　羅袖裛[4]殘殷色可[5]。杯深旋被香醪涴[6]。繡床斜憑嬌無那[7]。爛嚼紅茸[8]，笑向檀郎[9]唾。

注 釋

1 沉檀：婦女用來化妝的塗料，多用於眉端、口唇之間。

2 注：塗抹。

3 丁香顆：代指女子的牙齒。

4 裛：沾濕。

5 可：小可，稍微。

6 旋被香醪涴：被美酒染污。旋，快速。

7 無那：無限。

8 紅茸：刺繡用的紅絲線。

9 檀郎：晉人潘岳，字安仁，小字檀奴。後代指情郎。

導 讀

　　本詞以大周后為書寫對象，全詞著眼於大周后的一張「嘴」。

　　詞作上片寫大周后清歌時的口型，先寫其嘴唇的「色」與「香」，再以「丁香顆」、「櫻桃破」比喻大周后清唱時的齒、唇形狀。

　　詞作下片，寫大周后飲酒的情態。滿溢的紅酒沾染衣袖，口紅很快的被酒精化開，酒杯染上紅斑，最後以大周后向情郎（李後主）口唾紅茸的醉態作結。全詞觀察視角特殊，比喻生動傳神。

　　本詞最後兩句的「爛嚼紅茸，笑向檀郎唾」，清人李佳以為「酷肖小兒女情態」，將之視為大周后與李後主的夫妻生活情趣。但清初戲曲家李漁卻將大周后的「嚼紅絨以唾情郎」，視之為娼妓故唾棗核、瓜子殼以調戲路人的行徑，甚至斥之為「娼婦倚門腔、梨園獻醜態」。然而，將夫妻調情恩愛等同於娼妓賣笑，不僅比擬不倫，也有評論過苛之嫌。

析 評

　　〔清〕李佳《左庵詞話》卷下：李後主詞「爛嚼紅茸，笑向檀郎

唾」，李易安詞「倚門回首，卻把青梅嗅」，汪肇麟詞「待他重與畫眉時，細數郎輕薄」，皆酷肖小兒女情態。

〔清〕李漁《窺詞管見》：李後主〈一斛珠〉之結句云：「繡床斜倚嬌無那。爛嚼紅絨，笑向檀郎唾。」此詞亦為人所競賞。予曰：「此娼婦倚門腔、梨園獻醜態也。嚼紅絨以唾郎，與倚市門面大嚼，唾棗核瓜子以調路人者，其間不能以寸。」

唐圭璋《唐宋詞簡釋》：此首詠佳人口。起兩句，寫佳人口注沉檀。「向人」三句，寫佳人口引清歌。換頭，寫佳人口飲香醪。末三句，寫佳人口唾紅茸。通首自佳人之顏色服飾，以及聲音笑貌，無不描畫精細，如見如聞。

〈菩薩蠻〉

花明月暗飛輕霧，今宵好向郎邊去。剗襪[1]步香階，手提金縷鞋。　　畫堂南畔見，一晌[2]偎人顫。奴為出來難，教君恣意[3]憐。

注釋

1 剗襪：只穿著襪子貼地。
2 一晌：一下子。
3 恣意：盡情。

導讀

結合馬令《南唐書》所記載的小周后，可知本詞寫的是小周后與李後主密約私會的情景。

首二句先交代小周后與李後主幽會的場景——「花明月暗飛輕霧」，的確是幽會的「好」時機。三、四句以小周后幽會時「剗襪」、「提鞋」的動作，寫其匆遽小心的樣態。下片是小周后終於見到心上人時的嬌怯羞喜之情，末二句「奴為出來難，教君恣意憐」，更將

少女熱情眞切的心聲表露無遺。

　全詞由小周后的視角，淸楚交代事件的人、時、地等背景資料，從中不難想像兩人幽會時的情節與畫面。但小周后在幽會當時尙未成年（即傳文所謂「未勝禮服」），加以大周后尙在，若按名位輩分推論，小周后算是後主未出嫁的小姨子，兩人幽會之舉確實有違倫常禮敎。但若就詞作內容而論，龍楡生〈南唐二主詞敘論〉謂本詞「尤極風流狎昵之至，不愧『鴛鴦寺主』之名」，所論頗能切近詞情與詞境。

析評

　〔宋〕馬令《南唐書・繼室周后傳》：後主繼室周后，昭惠之母弟也。警敏有才思，神彩端靜。昭惠感疾，后常出入臥內，而昭惠未之知也。一日，因立帳前，昭惠驚曰：「妹在此耶？」后幼，未識嫌疑，即以實告曰：「旣數日矣！」昭惠惡之，返臥不復顧。昭惠姐，后未勝禮服，待年宮中。明年，鍾太后姐，後主服喪，故宮位號久而未正。至開寶元年，始議立后爲國后。

　〔淸〕沈雄《古今詞話・詞品下》引孫琮：「感郎不羞赧，回身向郎抱」，六朝樂府便有此等豔情，莫訶詞人輕薄。按：牛嶠詞「須作一生拚，盡君今日歡」，李後主詞「奴爲出來難，敎君恣意憐」，正見詞家本色，但嫌意態之不文矣。

〈破陣子〉

　四十年來家國，三千里地山河。鳳閣龍樓連霄漢[1]，玉樹瓊枝作煙蘿[2]。幾曾識干戈。　　一旦歸爲臣虜，沈腰[3]潘鬢[4]銷磨。最是倉皇辭廟[5]日，敎坊猶奏別離歌，揮淚對宮娥。

注釋

1 鳳閣龍樓連霄漢：指皇宮高聳入雲。鳳閣龍樓，帝王的居所。霄

漢，雲霄、天際。

2 煙蘿：形容花木繁盛如煙。

3 沈腰：南朝梁代沈約不得志，曾向友人言自己老病腰瘦。後多代指消瘦。

4 潘鬢：晉人潘岳感秋而作賦，自言中年而鬢髮斑白。後多代指早衰。

5 辭廟：「廟」指的是國君供奉祖先靈位的祠廟，「辭廟」為後主離開故國前告別宗廟。

導讀

本詞寫後主亡國辭廟的情景。李後主的人生與詞作也以「亡國」為界，分成前、後兩期截然不同的樣貌。

首二句「四十年來家國，三千里地山河」，交代南唐立國的時空背景，三、四兩句，寫自己舒適安逸的生活環境，既有高聳入雲的皇宮，也有繁盛如煙的花木，從而得出「幾曾識干戈」的心聲。

詞作下片情勢逆轉，點出其「一旦歸為臣虜」後，消瘦早衰、窮途潦倒的處境。末句以後主臨別辭拜宗廟時，「揮淚對宮娥」之舉作結，令人想像後主哭廟與宮娥哭主的慘凄情狀。

蘇軾由家國大義指責李後主亡國辭廟之際，「揮淚對宮娥」行事失當，但若由填詞藝術而論，誠如清人梁紹壬所言：「此淚對宮娥為有情，對宗廟為乏味。」讀者不妨把詞末改為「最是倉皇辭廟日，教坊猶奏別離歌，揮淚對宗廟」，應能體會「禮教大義」與「詞作聲情」何者更有催人淚下的效果。

析評

〔宋〕洪邁《容齋隨筆》卷5：東坡書李後主去國之詞云：「最是倉皇辭廟日，教坊猶奏別離歌。垂淚對宮娥。」以為後主失國，當慟哭於廟門之外，謝其民而後行，乃對宮娥聽樂，形於詞句。

〔清〕梁紹壬《兩般秋雨盦隨筆》：南唐李後主詞『最是倉皇辭

廟日，教坊猶奏別離歌，揮淚對宮娥。』譏之者曰：『倉皇辭廟日，不揮淚對宗社，而揮淚對宮娥，其失業也宜矣。』不知以爲君之道責後主，則當責之於垂淚之日，不當責之於亡國之時。若以填詞之法繩後主，則此淚對宮娥揮爲有情，對宗廟爲乏味也。此與宋蓉塘（按：宋燦，號蓉塘，清乾嘉時期常州人）譏白香山詩，謂憶妓多於憶民，同一腐論。

〈望江南〉

多少恨，昨夜夢魂中。還似舊時游上苑，車如流水馬如龍[1]，花月正春風。

注釋

1 車如流水馬如龍：形容街道熱鬧繁華的景象。《後漢書・明德馬皇后紀》：「前過濯龍門上，見外家問起居者，車如流水，馬如游龍。」

導讀

李後主在本詞中，以簡筆概括故國昔日「車水馬龍，花月春風」的繁華盛景，但這些景象之所以成爲今日之「恨」，在於遊苑之樂僅能重見於「夢魂中」，昔日的繁華盛景與醒來時的孤寂冷清恰成對比。結合李後主生平的前後遭際差異，當不難理解本詞醒後的「多少恨」與夢魂重見的「舊時」遊苑之樂。

李後主詞集尚有其他〈望江南〉詞作，例如：

・閒夢遠，南國正芳春。船上管絃江面綠，滿城飛絮混輕塵，忙殺看花人。

・閒夢遠，南國正清秋。千里江山寒色遠，蘆花深處泊孤舟，笛在月明樓。

・多少淚，斷臉復橫頤。心事莫將和淚說，鳳笙休向淚時吹，腸
斷更無疑。

兩首以「閒夢遠」開頭的詞作，都是回憶南唐故國的良辰美景與賞心
樂事。另一首「多少淚」，則直抒亡國哀音，短短小詞中，「淚」字
便重複三次，更可以想見後主亡國後「終日以淚洗面」的情狀。

析評

俞陛雲《唐五代兩宋詞選釋》：「車水馬龍」句爲時傳誦。當年
之繁盛，今日之孤淒、欣戚之懷，相形而益見。

唐圭璋《唐宋詞簡釋》：此首憶舊詞，一片神行，如駿馬馳坂，
無處可停。所謂「恨」，恨在昨夜一夢也。昨夜所夢者何？「還似」
二字領起，直貫以下十七字，實寫夢中舊時遊樂盛況。正面不著一
筆，但以舊樂反襯，則今之愁極恨深，自不待言。

〈清平樂〉

別來春半，觸目愁腸斷。砌[1]下落梅如雪亂，拂了一身還
滿。　　雁來音信無憑[2]，路遙歸夢難成，離恨恰如春草，更
行更遠還生。

注釋

1 砌：庭階。
2 無憑：不見有書信。

導讀

本詞概括了後主歸降北宋後的「愁腸」與「離恨」。

上片的落梅如雪，拂了還滿，猶如心中揮之不去的愁緒。下片以
「音信無憑」及「歸夢難成」，讓詞中的「愁腸」與「離恨」更加具

體鮮明。末兩句則以「更行更遠還生」的春草收結全篇，也暗喻心中的離恨無窮無盡，難有已時。

　　俞平伯曾將本詞與〈虞美人〉之「問君能有幾多愁？恰似一江春水向東流」之長句相較，指出〈虞美人〉以長句一氣直下，猶如春水連綿不絕；本詞之「更行一更遠一還生」，則以短語一波三折，與春草參差長短的姿態韻味融成一片，可見後主詞作譬喻之精妙絕倫。

析評

　　俞陛雲《唐五代兩宋詞選釋》：上段言愁之欲去仍來，猶雪花之拂了又滿；下段言人之愈離愈遠，猶草之更遠還生，皆加倍寫出離愁。且借花草取喻以渲染詞句，更見婉妙。

　　俞平伯《論詩詞曲雜著》：「恰似一江春水向東流」，以長句一氣直下；「更行更遠還生」，以短語一波三折，句法之變換，直與春水春草之姿態韻味融成一片，外體物情，內抒心象，豈獨妙肖，謂之入神也。

〈相見歡〉

　　林花謝了春紅，太匆匆。無奈朝來寒雨晚來風。　　胭脂淚[1]，相留醉，幾時重[2]，自是人生長恨水長東。

注釋

1 胭脂淚：鮮花帶露如美人流淚。
2 重：重逢。

導讀

　　本詞以「惜花」寫「傷別」之情。詞作上片，因見林花被寒風冷雨摧殘，而有「太匆匆」的驚慟與無奈。下片則結合人事，眼前的花落無法重上故枝，猶如人生無法重來，故而以水流長東，譬喻人生無

窮長恨，以此收結全篇。

　　詞中以易謝的春紅比喻人生，不僅美好歡樂的時光短暫，還須承受生離死別的侵襲、打擊，就像花朵面對自然界的寒雨晚風，既無法抗拒，也無能為力。王國維《人間詞話》謂後主詞有「釋迦基督擔荷人類罪惡之意」，本詞恰可作為其說之例證。

　　在詞作的表現手法上，王國維也將本詞與宋徽宗〈燕山亭・北行見杏花〉相較。徽宗詞中以「裁剪冰綃，輕疊數重，淡著胭脂勻注。新樣靚妝，艷溢香融，羞殺蕊珠宮女。易得凋零，更多少無情風雨。」寫其被金人俘擄北行途中所見杏花之感。同為亡國之君的詠花詩，徽宗著意於雕飾杏花的形貌與香氣，並以「花比人嬌」（羞殺蕊珠宮女）極力強調杏花之美，最終才引出好花「易得凋零，更多少無情風雨」的感慨。但後主詞僅以「春紅」概括春日所有嬌美的花朵，並未在花的形貌上多費筆墨，僅以「林花謝了春紅，太匆匆，無奈朝來寒雨晚來風」，涵蓋了人類共同命運與悲哀——人生苦短、苦難無邊。王國維所以謂徽宗與後主詞作「小大固不同矣」，正有見於詞中寄寓的感慨深淺有別，前者僅限於自身，後者則可包舉宇內。王國維之說，實有助於擴大李後主的詞境深度與闡釋空間。

析評

　　王國維《人間詞話》第 18 條：尼采謂：「一切文學，余愛以血書者。」後主之詞，真所謂以血書者也。宋道君皇帝〈燕山亭〉亦略似之。然道君不過自道身世之戚，後主則儼有釋迦基督擔荷人類罪惡之意，其大小固不同矣。

　　唐圭璋《唐宋詞簡釋》：以水之必然長東，喻人之必然長恨，語最深刻。「自是」二字，尤能揭出人生苦悶之義蘊。此與「此外不堪行」、「腸斷更無疑」諸語，皆以重筆收，沈哀入骨。

　　葉嘉瑩《唐宋詞十七講》：春，何等美好的季節；紅，何等美好的顏色。滿林花樹春天的這樣紅艷的美好的花朵都凋謝了，林花就謝

了春紅。「謝了」兩個字說的多麼沈痛多麼哀傷，而且是多麼口語化，多麼直接，多麼坦率。

〈浪淘沙〉

　　簾外雨潺潺，春意闌珊[1]。羅衾[2]不耐五更寒。夢裡不知身是客，一晌貪歡。　　獨自莫憑欄，無限江山。別時容易見時難。流水落花春去也，天上人間。

注釋

1 闌珊：衰殘的樣子。
2 羅衾：絲綢做成的被子。

導讀

　　本詞為後主追悔昔日之作。上片在睡夢中「不知身是客」，重回昔日的美好與歡樂。下片寫醒來後憑欄遠眺的所見所感，末句以「水流盡」、「花落盡」、「春歸去」三者，隱示「人亦將亡矣」之意。

　　詞中頗多警句，如「夢裡不知身是客」、「別時容易見時難」、「流水落花春去也」，都足以發人深省，道盡失去後無力挽回的沈痛心聲。

　　後主亡國被俘囚禁後的詞作，與前期宮廷侈靡富麗的生活有天壤之別，因而常在詞中抒發「夢歸故國，醒後成空」的悲痛。除本詞外，另一首後主於七夕生日前所寫的〈虞美人〉，詞中的「小樓昨夜又東風，故國不堪回首月明中」、「問君能有幾多愁，恰似一江春水向東流」，都不斷強調其重返故國的心願，引發宋太宗的疑心與殺機，遂於後主七夕生日時，賜以牽機藥毒殺。

　　對照後主詞集中的另一首〈烏夜啼〉：

　　昨夜風兼雨，窗幃颯颯秋聲。燭殘漏滴頻欹枕，起坐不能平。　　世事漫隨流水，算來夢裡浮生。醉鄉路穩宜頻到，此外不堪行。

詞中的「起坐不能平」、「世事漫隨流水」、「夢裡浮生」、「醉鄉路穩宜頻到」等句，流露出濃濃的頹廢與厭世情懷。與前期的「重按霓裳歌遍徹」、「醉拍闌干情未切」的富麗侈縱、意猶未盡的生活情調，簡直判若兩人。無怪乎後主要在夢中流連沈醉，一晌貪歡了。

評析

　　〔宋〕胡仔《苕溪漁隱叢話・前集》卷 59 引《西清詩話》：南唐李後主歸朝後，每懷江國，且念嬪妾散落，鬱鬱不自聊，嘗作長短句云：「簾外雨潺潺」云云，含思悽惋，未幾下世。

　　〔清〕端木埰《詞選批註》：前章「不知身是客，一晌貪歡」，正陳叔寶之全無心肝，亡國之君千古一轍也。次章又有「往事堪哀」、「終日誰來」、「想得玉樓」等句。明明觖望不甘，被禍之由，牽機藥所由來也。前已荒昏失國，此又妄露圭角，可爲千古龜鑒。

〈浪淘沙〉

　　往事只堪哀，對景難排。秋風庭院蘚侵階，一桁[1]珠簾閒不捲，終日誰來？　　金劍已沈埋[2]，壯氣蒿萊[3]。晚涼天淨月華[4]開。想得玉樓瑤殿影，空照秦淮。

注釋

1 一桁：一架，一排。
2 金劍沈埋：比喻雄心壯志早已沈沒、埋葬。
3 壯氣蒿萊：昔日的豪情壯志已化爲野草，不值一提。蒿萊，雜草。
4 月華：月亮的光輝。

　　本詞上片寫出後主「一旦歸爲臣虜」後，白日珠簾不捲、荒涼無人的冷清落寞之情；下片則是後主在「晚涼天淨月華開」的夜晚，抒發其深切沈重的故國情懷。

　　詞中透過「日夜並舉」的方式，表現出後主被俘至汴京（今河南開封）的處境與心境，並且巧妙以「金劍沈埋」、「壯氣蒿萊」比喻內在悲哀之情，與外在「庭院蘚侵階」、「珠簾閒不捲」的場景，共同呼應了首句「往事只堪哀」的詞旨。

　　李後主由於遭逢國亡身辱的巨變，詞風遂有明顯的前後期差異。前期詞作，不論是描寫宮廷夜宴的〈玉樓春〉（晚妝初了明肌雪），或是南唐宮人白日行樂圖的〈浣溪沙〉（紅日已高三丈透），甚至是描寫大周后的〈一斛珠〉或是小周后的〈菩薩蠻〉，都不難想像南唐宮廷奢侈放縱、豪華富麗的生活樣貌。相形之下，後主被俘囚禁的後期詞作，由人生的春季突然轉爲蕭颯的秋天，內容也如本詞般，或者寫現況的冷清蕭索，或者追憶昔日的繁華盛景。因而後期詞中常見的詞彙如：

　　「空」（空照秦淮、往事已成空）

　　「淚」（胭脂淚相留醉、覺來雙淚垂）

　　「夢」（路遙歸夢難成、昨夜夢魂中）

　　「愁」（觸目愁腸斷、問君能有幾多愁）

　　「東」（小樓昨夜又東風、恰似一江春水向東流）

　　「故國」（故國夢重歸、故國不堪回首月明中）

王國維《人間詞話》云：「詞至李後主，而眼界始大，感慨遂深，遂變伶工之詞而爲士大夫之詞。」人生的巨變固然爲後主帶來難以承受的苦痛，但也因而擴大了詞作的「眼界」，加深了詞作的「感慨」，從而造就了他在詞史上的特殊地位與成就。

析評

　　〔清〕陳廷焯《雲韶集》卷 1：起五字淒婉，卻來得突兀，故妙。淒惻之詞而筆力精健，古今詞人誰不低首。

　　唐圭璋《唐宋詞簡釋》：此首念秣陵。上片，白晝淒清狀況，哀思彌切。起兩句，總括全篇。「秋風」一句，補實上句難排之景。秋風裊裊，苔蘚滿階，想見荒涼無人之情，與當年「春殿嬪娥魚貫列」之盛較之，真有天淵之別。

　　詹安泰《李璟李煜詞》：這是李煜抒寫入宋後懷念南唐的一種哀痛的心情。前後段都先以無比怨憤的聲調衝激而出，然後通過具體的生活現象和內心活動來表達當時十分難堪的情況。前段寫風景撩人，而珠簾不卷，無誰告語，是日間生活的難堪。後段寫天淡月白，想起秦淮河畔的樓殿，只有影兒投入河裡，一切繁華舊事，都成空花，是夜間生活的難堪。日夜並舉，用突出的形象，做高度的概括。

晏　殊

生平

　　晏殊（991-1055），字同叔，撫州臨川（今江西省撫州市）人。七歲
能文，十四歲以神童召試，賜進士出身，宋仁宗朝官至宰相，掌軍政
大權。能薦拔人才，當世知名之士，如范仲淹、韓琦、歐陽修等人皆
出其門，卒諡元獻。有《臨川集》、《珠玉詞》傳世。

　　晏殊一生富貴顯達，詞風閒雅清婉，有雍容富貴氣，因其作品往
往吟咏佳會宴遊後的閒情淡愁，沒有激情，也沒有烈響，以致被人譏
爲富貴得意之餘的「無病呻吟」，而不能欣賞其溫潤秀潔。

〈浣溪沙〉

　　一曲新詞酒一杯，去年天氣舊亭臺。夕陽西下幾時回。

　　無可奈何花落去，似曾相識燕歸來，小園香徑¹獨徘徊。

注釋

1 香徑：花徑。

導讀

　　本詞以「傷春惜時」爲主旨。上片由「去年天氣舊亭臺」，聯想
到時光的流逝；下片由「花落去」、「燕歸來」，人世變化往往在景
物的流轉往復中進行，末句以「小園香徑獨徘徊」作結，與「無可奈
何」前後呼應，情調輕柔。

　　本詞是晏殊《珠玉詞》的代表作之一。詞中的「無可奈何花落
去，似曾相識燕歸來」，重複出現在晏殊〈示張寺丞王校勘〉一詩中
（創作背景參見「析評」所附《苕溪漁隱叢話》），可知這兩句應該是晏

殊頗爲自得的佳句：

> 元巳清明假未開，小園幽徑獨徘徊。
> 春寒不定斑斑雨，宿醉難禁灩灩杯。
> 無可奈何花落去，似曾相識燕歸來。
> 游梁賦客多風味，莫惜青錢萬選才。

詩作前三聯的意境與〈浣溪沙〉詞是相近的，都有傷春惜時之意，「小園幽徑獨徘徊」與詞作的末句也只差了一個字。但詩作末聯「遊梁賦客多風味，莫惜青錢萬選才」，晏殊似乎意識到自己身爲宰相，須以提拔人才爲己任，詩意遂陡然振起，有別於前三聯傷春惆悵的情調，也異於詞作以「小園香徑獨徘徊」作結的餘味不盡，「詩莊詞媚」的情態差異，也可從中概見其要。

析評

〔南宋〕胡仔《苕溪漁隱叢話・後集》卷 20 引《復齋漫錄》：晏元獻赴杭州，道過維揚，憩大明寺，瞑目徐行，使侍史讀壁間詩板，戒其勿言爵里姓氏，終篇者無幾。又俾誦一詩，……徐問之，江都尉王琪詩也。召至，同飯，飯已，又同步池上。時春晚，已有落花。晏云：「每得句，書牆壁間，或彌年未嘗強對。且如『無可奈何花落去』，至今未能對也。」王應聲曰：「似曾相識燕歸來。」自此辟置館職，遂躋侍從矣。

〔明〕沈際飛《草堂詩餘・正集》：「無可奈何花落去」，律詩俊語也，然自是天成一段詞，著詩不得。

唐圭璋《唐宋詞簡釋》：此首諧不鄰俗，婉不嫌弱。明爲懷人，而通體不著一懷人之語，但以景襯情。……「無可」二句，虛對工整，最爲昔人所稱。蓋既傷花落，又喜燕歸，燕歸而人不歸，終令人抑鬱不歡。小園香徑，惟有獨自徘徊而已。餘味殊雋永。

〈浣溪沙〉

一晌[1]年光有限身，等閒[2]離別易銷魂，酒筵歌席莫辭頻。　　滿目山河空念遠，落花風雨更傷春，不如憐取眼前人。

注釋

1 一晌：短暫。
2 等閒：平常，一般。

導讀

　　本詞上片以人身年壽有限，尚有令人黯然銷魂的「離別」無可避免，所以應珍惜眼前的酒筵歌席，切莫頻辭。詞作下片先推開一筆，以「空」、「更」兩字點出念遠傷春之徒勞，反襯出「憐取眼前人」的務實可取，也回應了上片「及時行樂」的詞旨。

　　詞作雖以「傷春念遠」為主題，卻能不耽溺於哀傷的情調中，從而得出積極正向的思考。近代詞學家吳梅認為，詞作下片語意深刻，較「無可奈何花落去，似曾相識燕歸來」二句，更勝十倍。晏殊另有一首〈木蘭花〉：「美酒一杯誰與共？往事舊歡時節動。不如憐取眼前人，免更勞魂兼役夢。」與本詞「珍惜眼前」的詞旨頗為相近。葉嘉瑩《唐宋詞十七講》以「圓融的觀照」概括晏殊詞作特色，可透過本詞印證之。

析評

　　俞陛雲《唐五代兩宋詞選釋》：結句言傷春念遠，只惱人懷，而眼前之人，豈能常聚，與其落月停雲，他日徒勞相憶，不若憐取眼前，樂其晨夕，勿追悔蹉跎。串足第三句「歌席莫辭」之意也。

　　吳梅《詞學通論》：惟「滿目山河空念遠，落花風雨更傷春」二語，較「無可奈何」勝過十倍，而人未之知，何也？

葉嘉瑩《靈谿詞說》：「滿目山河空念遠，落花風雨更傷春」二句⋯⋯是對於「念遠」及「傷春」之並屬徒然無益的理性之認知，於是遂以第三句之「不如憐取眼前人」做了一種極為現實的處理與安排。再如其另一首〈浣溪沙〉詞之「無可奈何花落去，似曾相識燕歸來」二句，則在傷春之哀悼中，卻隱含了對於消逝無常與循環不已之兩種宇宙現象的對比的觀照。像這種富於理性與思致的詞句，在一般詞作中，是極為罕見的。

〈采桑子〉

時光只解催人老。不信[1]多情，長恨離亭[2]，淚滴春衫酒易醒。　　梧桐昨夜西風急，淡月朧明，好夢頻驚，何處高樓雁一聲。

注釋

1 不信：不理解。與上句的「只解」前後對比。
2 離亭：古代建於離城稍遠的道旁，供人歇息的亭子，因常於此處分手送別，故稱離亭。

導讀

本詞慨嘆人生易散難聚，並結合秋日傷懷、年華漸老之感，可謂雙重的無奈與感傷。

值得注意的是，詞中「易散難聚」與「韶華易逝」的感傷，堪稱是晏殊詞作的基本情調。前者是對人事無常的感傷，如：

・人生多別離（〈更漏子〉）
・酒闌人散忡忡（〈更漏子〉）
・酒醒人散得愁多（〈浣溪沙〉）
・不知重會是何年（〈浣溪沙〉）

- 爭奈世人多聚散（〈漁家傲〉）
- 當時共我賞花人，點檢如今無一半（〈木蘭花〉）
- 無窮無盡是離愁，天涯地角尋思遍（〈踏莎行〉）

至於「韶華易逝」之感，則是人力無法挽回時間流逝的喟嘆。除了本詞首句「時光只解催人老」之外，另有：

- 春花秋草，只是催人老（〈清平樂〉）
- 暮去朝來即老（〈清平樂〉）
- 光景千留不住（〈清平樂〉）

在人生易散、韶華難再的前提下，晏殊詞中遂常有「把握當下，珍惜眼前」的體悟，除了〈浣溪沙〉之「酒筵歌席莫辭頻」、「不如憐取眼前人」之外，其他如：

- 前歡往事，當歌對酒（〈少年遊〉）
- 人生樂事知多少，且酌金杯（〈采桑子〉）
- 有情無意且休論，莫向酒杯容易散（〈木蘭花〉）
- 勸君莫作獨醒人，爛醉花間應有數（〈清平樂〉）

將本詞與以上詞作對照、參看，對於晏殊的詞作，當會有更深刻的理解與體悟。

析評

趙尊岳《珠玉詞選評》：借夢中之春，與夢醒之秋，說明時光之催人，是真敏於構思屬事，較之明說者，遠勝百倍。最後以何處雁聲作結，事外遠致，別具遙思，是善於言情者。

薛礪若《宋詞通論》：此詞雖在淒傷中，卻無絲毫怨毒的意思，

此即其抒情的溫厚處。這種作風，歐陽修、秦觀及晏幾道，都很受他的影響。

〈清平樂〉

　　金風[1]細細，葉葉梧桐墜。綠酒初嚐人易醉，一枕小窗濃睡。　　紫薇朱槿花殘，斜陽卻照闌干。雙燕欲歸時節，銀屏[2]昨夜微寒。

注釋

1 金風：秋風。
2 銀屏：鑲銀的屏風。

導讀

　　本詞以秋日時分的閒情逸致爲主旨，讀後別有一番「天涼好個秋」的閒適恬淡之感。

　　將本詞與杜甫書寫「悲秋」情懷的〈登高〉相較：

　　風急天高猿嘯哀，渚清沙白鳥飛迴。
　　無邊落木蕭蕭下，不盡長江滾滾來。
　　萬里悲秋常作客，百年多病獨登臺。
　　艱難苦恨繁霜鬢，潦倒新停濁酒杯。

杜甫詩中的景色壯闊，情感沈鬱，相形之下，晏殊詞中展現的是秋日庭園的小窗小景，與人閒葉落的優美情調，尤宜注意的是本詞的遣詞用字。不僅多著色語（金、綠、紫、朱、銀），兼且措語輕靈（細、初、小、斜、微），且時見疊字（細細、葉葉），是一首展現詞體「婉約」特質的小令之作。

俞陛雲《唐五代兩宋詞選釋》：純寫秋來景色，惟結句略含清寂之思，情味於言外求之，宋初之高格也。

葉嘉瑩《迦陵論詞叢稿・大晏詞的欣賞》：在這一首詞中，我們既找不到我國詩人所一貫共有的傷離怨別、歎老悲窮的感傷，甚至也找不到前面第一點所談到的大晏所特有的情中有思的思致。在這一首詞中，它所表現的，只是在閒適的生活中的一種優美而纖細的詩人的感覺。

〈訴衷情〉

芙蓉[1]金菊鬥馨香，天氣欲重陽。遠村秋色如畫，紅樹間疏黃[2]。　　流水淡，碧天長，路茫茫。憑高目斷，鴻雁來時，無限思量。

注釋

1 芙蓉：指菊科的蘄艾，與下句的「金菊」同為秋天的產物。
2 疏黃：稀疏的黃葉。

導讀

本詞以色彩斑斕的秋日美景為書寫旨趣。詞中不僅具有晏殊詞「多著色語」（金、紅、黃、碧）的特色。在結構方面，本詞上片寫景，下片以「流水淡，碧天長」承上啟下，引出登高望遠、無限思量之情，這種「由景入情」的手法，也很值得稱賞、學習。

據夏承燾《二晏年譜》所載，這首〈訴衷情〉寫於北宋仁宗寶元元年（1038），晏殊時年四十八歲，由參知政事（等同副宰相）貶知陳州（今河南省淮陽）已有六年，是他人生仕途較為低落之際，創作本詞時的心境應該也是較為寂寥沈悶的。但詞作描繪的景物色澤鮮明，視

野遼闊，完全感受不到「悲秋」的沈鬱悲涼，唯有結句的「無限思量」逗出一點情思。體現了晏殊《珠玉詞》無激情烈響、多珠圓玉潤的特質。

析評

趙尊岳《珠玉詞選評》：此寫秋景之詞，題材似極淺近，然作結仍極精嚴，非淺人所易著筆。北宋詞以抒情為主，然非有景物，不足襯出情緒，故往往情景兼寫，惟其時尚少以情景虛實雜揉間用者，故又輒於前闋寫景，後闋寫情⋯⋯呼應之際自尤重於過變，必假過變，以由景入情，方無斧鑿痕跡。⋯⋯今治詞者人人知水窮雲起之說，然其所以窮，所以起者，多不易言，若以此首驗之，則按圖正不難索驥。

〈蝶戀花〉

檻菊愁煙蘭泣露[1]，羅幕輕寒，燕子雙飛去。明月不諳[2]離恨苦，斜光到曉穿朱戶。　　昨夜西風凋碧樹，獨上高樓，望盡天涯路。欲寄彩箋兼尺素[3]，山長水闊知何處？

注釋

1 檻菊愁煙蘭泣露：花圃的菊花籠罩在霧氣中，猶如含愁；含露的蘭花也像在飲泣落淚。檻，花圃的圍欄。

2 諳：知悉。

3 彩箋、尺素：彩箋為精美紙箋，尺素為小幅的絹、帛織物，古代皆以之為書信。此處重複兩詞，更添思念殷切之意。

導讀

本詞旨在抒發秋日的離恨。詞作上片首句「檻菊愁煙蘭泣露」採「移情」的表現手法，將人類的「愁」、「泣」轉移到花圃中菊、

蘭，也點出全詞的情調。以下以秋日的輕寒、燕子雙飛去，轉到詞中因離恨而一夜無眠的主角。詞作下片，寫主角登高望遠，不見伊人身影，欲寄書信又因「山長水闊知何處」而黯然神傷。

王國維《人間詞話》摘錄本詞下片詞句，以之為古今成大事業、大學問者，必須經歷的第一種境界，亦即須先有高遠的目標。但詳味本詞詞旨，原僅為悲秋念遠之作，但由於王國維的論點深入人心，反倒使人忽略了詞作本意。再者，晏殊為北宋承平時期的宰相，詞中雖不言金玉錦繡，卻讓人有富艷精工之感，讀者不妨透過本詞上半闋所描繪的園亭景致，來印證這一點。

析 評

〔北宋〕吳處厚《青箱雜記》：晏元獻公雖起田里，而文章富貴，出於天然。嘗覽李慶孫〈富貴曲〉云：「軸裝曲譜金書字，樹記花名玉篆牌。」公曰：「此乃乞兒相，未嘗諳富貴者。故余每吟富貴，不言金玉錦繡，而唯說其氣象。若『樓臺側畔楊花過，簾幕中間燕子飛』、『梨花院落溶溶月，柳絮池塘淡淡風』之類是也。」

王國維《人間詞話》：古今之成大事業、大學問者，必經過三種之境界。晏同叔之「昨夜西風凋碧樹，獨上高樓，望盡天涯路」，此第一境也。「衣帶漸寬終不悔，為伊消得人憔悴」，此第二境也。「眾裡尋他千百度，回頭驀見，那人正在，燈火闌珊處」，此第三境也。此等語皆非大詞人不能道。

〈踏莎行〉

小徑紅稀[1]，芳郊綠遍[2]，高臺樹色陰陰見[3]。春風不解禁楊花，濛濛亂撲行人面。　　翠葉藏鶯，朱簾隔燕，爐香靜逐游絲[4]轉。一場愁夢酒醒時，斜陽卻照深深院。

注釋

1 紅稀：花少。

2 綠遍：草多。

3 陰陰見：隱約地顯露。

4 游絲：煙霧旋轉上升，如游動的青絲一般。

導讀

本詞上片寫出遊所見春日郊景，下片寫歸來所見院落之景。

由詞中的樹色陰陰見、楊花濛濛撲面，以及愁夢酒醒時，見斜陽返照深院的景色，在在透露出作者意興闌珊，與首二句「紅稀」、「綠遍」的春事闌珊是彼此呼應的。

由於古人常以「比興寄託」來說解詩詞，本詞所寫的暮春景象，如楊花亂撲、翠葉藏鶯、朱簾隔燕，常被解讀為小人高張或朝堂遠隔等政治寓意。然而，本詞即使是寫春意闌珊的光景，也是一幅暮春佳景圖，充滿晏殊詞特有的「富貴氣」與閒情雅思，未必要由比興寄託的角度來解讀，才能賦予本詞具有深意。

析評

〔清〕李調元《雨村詞話》：晏殊《珠玉詞》極流麗，而以翻用成語見長。如「垂楊只解惹春風，何曾繫得行人住。」又：「東風不解禁楊花，濛濛亂撲行人面」等句是也。翻覆用之，各盡其致。

俞陛雲《唐五代兩宋詞選釋》：此詞或有白氏（居易）諷諫之意。楊花亂撲，喻讒人之高張；燕隔鶯藏，喻堂帘之遠隔，宜結句之日暮興嗟也。

胡雲翼《宋詞選》：這首詞黃昇《花菴詞選》題作「春思」。內容寫的是暮春的閒愁，描繪景色極為流麗。張惠言、譚獻、黃蓼園一群詞話家說有什麼寄託，都沒有根據。

歐陽修

　　歐陽修（1007-1072），字永叔，號醉翁，晚號六一居士，吉州永豐（今江西省吉安市永豐縣）人。北宋仁宗朝進士，官至參知政事、兵部尚書。政壇上，與范仲淹、韓琦等人積極推動新政，試圖革除宋朝積弱時弊。文學上，繼承唐代韓愈的復古運動，扭轉西崑體和太學體的浮艷與尚奇文風，爲當時的文壇領袖；並於詩、詞、古文、史學、經學之外，於金石學亦有卓越貢獻。有《六一詞》傳世。

　　歐陽修各方面的成就，往往處於開風氣的倡導地位，乃一德業文章儼然道貌的人物；然而在詞壇上，歐陽修只是中間過渡者，以詞爲遊戲之作，詞風受五代、花間影響，並擴大其抒情性與通俗化，其詞婉麗纏綿，深沉眞摯，銳感多情。

〈玉樓春〉

　　尊前[1]擬把歸期說，未語春容[2]先慘咽[3]。人生自是有情癡，此恨不關風與月。　　離歌且莫翻新闋[4]，一曲能教腸寸結。直須看盡洛城[5]花，始共春風容易別。

注釋

1 尊前：餞行的酒席前。尊，即「樽」，酒杯。
2 春容：如春風嫵媚的容顏，此指離別的佳人。
3 慘咽：悲傷而咽噎。
4 翻新闋：按舊曲填新詞。
5 洛城：即洛陽。

導讀

　　歐陽修於景祐元年（1034）在洛陽擔任西京洛陽留守推官秩滿，臨別宴席時以〈玉樓春〉詞牌填寫多首，本詞是其中最具代表性者。

　　本詞上片，由尊前傷別、春容慘咽，而引出「人生自是有情痴，此恨不關風與月」的沈思，亦即人的離恨乃因痴情而生，無關外在的風月。詞作下片，又由此離思而得出「直須看盡洛城花，始共春風容易別」的結論，勸勉眼前因離別而慘咽的玉人：能在洛陽城的繁花盛開時，盡力欣賞花開的樣貌，即使花朵最終依然凋謝，也能以從容自在的心態面對。猶如人間有不可避免的生離死別，但只要相處時曾經相知相惜（看盡洛城花），即使最終分手道別，也能留下美好回憶而沒有遺憾。

　　當代詞學家葉嘉瑩指出，歐陽修的詞作特色在於展現出「悲慨中的豪宕」，不同於馮延巳殉情式的執著，也有別於晏殊哲思式的觀照，讀者可透過本詞來體會以上的說法。詞中的「人生自是有情痴，此恨不關風與月」，「直須看盡洛城花，始共春風容易別」，也因本詞的流傳，成為後世詩詞有關「離別」主題的名句。

析評

　　王國維《人間詞話》卷上：永叔「人間自是有情癡，此恨不關風與月」，「直須看盡洛城花，始與春風容易別。」於豪放之中有沉著之致，所以尤高。

　　葉嘉瑩《靈谿詞說》：明明是有春歸的惆悵與離別的哀傷，而歐陽修卻偏偏要在惆悵與哀傷中作樂，而且還用了「直須」、「看盡」、「始共」等極為任縱有力的敘寫口吻，而也就是在這種要從惆悵哀傷之中掙脫出來的賞玩之意興中，表現出了歐詞之既有飛揚豪宕之氣，也有沈著深厚的特殊風格。

〈浪淘沙〉

　　把酒祝東風，且共從容。垂楊紫陌[1]洛城東，總是[2]當時攜手處，遊遍芳叢。　　聚散苦匆匆，此恨無窮。今年花勝去年紅，可惜明年花更好，知與誰同？

注釋

1 紫陌：一說有紫花的道路；另一說古代文人用以泛指京師郊野之路。此指洛陽城的道路。

2 總是：都是。

導讀

　　本詞寫作時間應是明道二年（1033）之後，歐陽修的友人尹洙、梅堯臣等人相繼調離洛陽，妻子胥氏也於當年病逝，詞中遂充滿惜別傷離之情。

　　上片回憶昔日攜手遊春的美好時光，對比下片「聚散苦匆匆」的遺憾與離恨。末三句懸想來年繁花盛況，可惜無人與共。全詞深情如水，餘恨悠悠。

　　歐陽修另有一首〈定風波〉：

　　　　把酒花前欲問君，世間何計可留春？縱使青春留得住，虛語，無情花對有情人。　　任是好花須落去，自古，紅顏能得幾時新？暗想浮生何時好，唯有，清歌一曲倒金尊。

詞中的「世間何計可留春」、「紅顏能得幾時新」，以疑問句道出凡人「無計留春」的遺憾，何況「縱使青春留得住」，也不過是「虛語」而已，因為所有的好花終究「須落去」，與其暗想「浮生何時好」，倒不如珍惜當下的清歌一曲、美酒一樽，才是真正的浮生好時節。

析評

〔清〕沈雄《古今詞話》上卷引《柳塘詞話》：歐陽公云：「把酒祝東風，且共從容」，與東坡〈虞美人〉云：「持杯邀勸天邊月，願月圓無缺」，同一意致。

俞陛雲《唐五代兩宋詞選釋》：因惜花而懷友，前歡寂寂，後會悠悠，至情語以一氣揮寫，可謂深情如水，行氣如虹矣。

〈朝中措〉

平山[1]闌檻[2]倚晴空，山色有無中[3]。手種堂前垂柳，別來幾度春風。　　文章太守[4]，揮毫萬字，一飲千鍾[5]。行樂直須年少，尊[6]前看取衰翁。

注釋

1 平山：指平山堂，歐陽修任揚州郡守時所作，此堂員高，與諸山齊平，可遙眺江南。

2 闌檻：即欄杆。

3 山色有無中：山色若隱若現，化用唐代王維〈漢江臨泛〉：「江流天地外，山色有無中。」

4 文章太守：一說為作者自喻，因歐陽修當年知揚州，以文章名冠天下，故而自稱；一說指此闋詞的送別對象劉敞，其文贍麗敏捷，深得歐陽修讚譽。

5 千鍾：形容酒量極大。鍾，盛酒容器。

6 尊：即「樽」，酒杯。

導讀

歐陽修於慶曆八年（1048）出守揚州，建平山堂，曾於堂上手植數株楊柳。至和三年（1056），歐陽修在翰林院，得知劉敞將調任揚

州太守，歐陽修親作本詞並出家中伎樂飲餞。

詞作上片以回憶的口吻，寫出昔日擔任揚州太守時，登平山堂所見晴空下的山色，與曾於堂下手植楊柳之事。詞作下片的揮毫萬字、一飲千鍾，更展現出歐陽修工文善飲的形象，末兩句以及時行樂之意作結，更可見其鬢髮雖白但豪興不減。

本詞與〈采桑子〉之「鬢華雖改心無改，試把金觥，舊曲重聽」語意相近，體現出歐陽修在詞中所流露的遣玩意興與豪宕飛揚之勢。此外，結合《墨莊漫錄》記載的軼事（參見「析評」所錄），不難想像歐陽修之富有功業文章，且深受百姓愛戴的情景。

析 評

〔南宋〕張邦基《墨莊漫錄》卷 2：揚州蜀岡上大明寺平山堂前，歐陽文忠公手植柳一株，謂之「歐公柳」，公詞所謂「手種堂前楊柳，別來幾度春風」者。薛嗣昌作守，相對亦種一株，自傍曰「薛公柳」，人莫不嗤之。嗣昌既去，為人伐之。不度德有如此者！

〔南宋〕胡仔《苕溪漁隱叢話・後集》卷 23 引《藝苑雌黃》：（歐陽修）送劉貢父（敞）守維揚作長短句云：「平山欄檻倚晴空，山色有無中」。平山堂望江左諸山甚近，或以為永叔短視，故云「山色有無中」。東坡笑之，因賦〈快哉亭〉道其事云：「長記平山堂上，欹枕江南煙雨，杳杳沒孤鴻，認取醉翁語，山色有無中。」蓋山色有無中，非煙雨不能然也。

〔清〕沈祥龍《論詞隨筆》：用成語，貴渾成，脫化如出諸己。……歐陽永叔「平山欄檻倚晴空，山色有無中」，用王摩詰句，均妙。

〈采桑子〉附〈西湖念語〉

昔者王子猷之愛竹，造門不問於主人；陶淵明之臥輿，遇酒便留於道上。況西湖之勝槩，擅東潁之佳名。雖美景良辰，固多於高會；而清風明月，幸屬於閒人。並遊或結於良

朋，乘興有時而獨往。鳴蛙暫聽，安問屬官而屬私？曲水臨流，自可一觴而一詠。至歡然而會意，亦旁若於無人。乃知偶來常勝於特來，前言可信；所有雖非於已有，其得已多。因翻舊闋之辭，寫以新聲之調。敢陳薄伎，聊佐清歡。

其一，

　　春深雨過西湖好，百卉爭妍，蝶亂蜂喧，晴日催花暖欲燃。　　　蘭橈[1]畫舸[2]悠悠去，疑是神仙，返照波間，水闊風高颺[3]管絃。

注釋

1 蘭橈：以木蘭樹製成的船槳，此借指船。
2 畫舸：彩繪華美的遊船。
3 颺：高飛。

導讀

　　歐陽修晚年寓居潁州（今安徽省境內）時，以〈采桑子〉書寫西湖春夏時節的美景。這套詞組共有十首詞作，篇幅所限，僅選錄其中兩首為代表。

　　本詞是一幅異彩紛呈的西湖春日遊船賞花圖。詞作上片寫西湖雨後百花盛開，蜂蝶紛亂的景況。詞中的「爭、亂、喧、催、燃」等字，共同營造出令人目不暇給的燦爛春光。詞作下片筆調一弛，寫畫船悠悠遠去，管絃之聲彌漫在水雲間，不絕於耳。下片的「悠悠、闊、高」等字，有別於上片的熱鬧忙亂之感，展現出天高地闊、悠然舒適的遊船賞春情調。

　　歐陽修的十首〈采桑子〉詞作，雖然都以「○○○○○西湖好」作為首句，但每首都各有偏重點。除了本詞的西湖春日遊船賞花之外，其他如「輕舟短棹西湖好」，旨在寫湖上行舟、欣賞波平如鏡的情

調；「畫船載酒西湖好」，則寫船上飲酒作樂、醉眠畫船的同樂時光；「群芳過後西湖好」，以西湖花謝人散之後，獨自領略的春空之境。至於「清明上巳西湖好」、「荷花開後西湖好」、「天容水色西湖好」、「殘霞夕照西湖好」，則是針對不同節令、時辰來歌頌西湖之好，另有「何人解賞西湖好」以及「平生爲愛西湖好」，則以綜合概括的視角，寫西湖無時無刻都有可賞、可愛的好風景。從中不僅可見歐陽修對西湖的熱愛，也可見其善於構思的詞作妙境。

析 評

夏敬觀《映庵詞評》：此潁州西湖詞。公昔知潁，此晚居潁州所作也。十詞無一重複之意。

〈采桑子〉

　　群芳過後[1]西湖好，狼藉殘紅[2]。飛絮濛濛[3]，垂柳闌干盡日風。　　笙歌散盡遊人去，始覺春空[4]。垂下簾櫳[5]，雙燕歸來細雨中。

注 釋

1 群芳過後：春末夏初，百花凋謝的時節。
2 狼藉殘紅：落花散亂的樣子。
3 濛濛：微雨貌。
4 春空：春意消逝。
5 簾櫳：窗簾。櫳，窗戶。

導 讀

　　春日百花盛開之外，本詞另闢蹊徑，呈現出西湖暮春幽麗恬靜之美。

　　詞作上片以「殘紅」、「飛絮」、「垂柳」等字詞，刻畫出西湖

百花凋殘、只餘風中垂柳的景象，也與首句的「群芳過後」相呼應。

　　詞作下片則著眼於「人」在花謝之後的動作。由於花謝人去，連帶使得遊湖賞春的「笙歌」吵鬧聲也跟著「散盡」。下接以「始覺春空」一句，讓人頓時有「春天終於過去了」的失落，但在垂下簾櫳之後，卻又以「雙燕歸來細雨中」，體現出自然之趣與別樣生機。

　　本詞在不同的宋詞選本中頗受青睞，在今人王兆鵬等人合編的《宋詞排行榜》中，也排入第 84 名。這或許與詞中所寫的，不是春日常見的繁花盛景，而是在罕為人賞愛的「群芳過後」，也能以審美的眼光，體察時序風光的流轉變化。從中不僅可領略歐陽修在詞中所寄寓的「遣玩的意興」，細細品味後，也能體會出《中庸》「素富貴，行乎富貴；素貧賤，行乎貧賤」、「君子無入而不自得」的人生哲理。

析評

　　俞陛雲《唐五代兩宋詞選釋》：西湖在宋時，極游觀之盛。此詞獨寫靜境，別有意味。

　　唐圭璋《唐宋詞簡釋》：此首，上片言游冶之盛，下片言人去之靜。通篇於景中見情，文字極疏雋。風光之好，太守之適，幷可想像而知也。

〈采桑子〉

　　十年前是尊前客，月白風清，憂患凋零[1]。老去光陰速可驚。　　鬢華[2]雖改心無改，試把[3]金觥[4]，舊曲重聽，猶似當年醉裡聲。

注釋

1 凋零：此處比喻人事衰敗。
2 鬢華：兩鬢頭髮斑白。

3 把：手持。

4 觚：古代酒器，上有提梁，腹橢圓，底有圈足。

導讀

在十首〈采桑子〉西湖組曲之外，歐陽另有三首寫於慶曆四年（1044）的〈采桑子〉，是回憶其與老友謝絳（994-1039）在洛陽相聚相會的美好時光，因而三首之一以「明月清風，把酒何人憶謝公」作結，另兩首分別以「十年一別流光速」、「十年前是尊前客」為首句。

本詞固然有感於舊友凋零、光陰老去，卻未沈溺哀傷的情調中，詞中的「鬢華雖改心無改」、「舊曲重聽」，別有一股「人老心不老」的生命韌性與生活情調。

〈浣溪沙〉

堤上遊人逐畫船，拍堤春水四垂天[1]，綠楊樓外出鞦韆。

白髮戴花君莫笑，六么[2]催拍盞[3]頻傳，人生何處似尊[4]前？

注釋

1 四垂天：形容天空如幕般從四面垂下，此處用以描寫湖上水天一色。

2 六么：又名綠腰，唐代琵琶曲調名。

3 盞：小而淺的杯子，此指酒杯。

4 尊：即「樽」，酒杯。

導讀

本詞上片寫西湖春景與遊人賞春盛況。首二句寫「堤上遊人」與「畫船春水」交織互動的景況，詞末的「綠楊樓外出鞦韆」，句中的

「出」字，最受後人讚賞，點出了臨水人家的富麗歡娛。

詞作下片，著眼於欣賞眼前春景的自己，即使鬢髮已白仍不妨戴花自娛，在歌酒歡樂中消磨老年時光，與〈采桑子〉「鬢華雖改心無改」的句意是相通的。

歐陽修在面對「年華老去，憂患凋零」的無奈困境時，往往異於一般詞作之傷春悲秋、嗟別歎老的情調，反而以積極正向的思考，得出「珍惜當下、及時行樂」的人生觀。當代詞學家葉嘉瑩以「飛揚豪宕之氣」、「遣玩的意興」來概括歐陽修詞作特色，可謂卓然有識。

析 評

〔清〕黃蘇《蓼園詞選》：第一闋，寫世上兒女多少歡娛；第二闋「白髮」句，寫老成意趣，自在眾人喧囂之外。末句寫得無限淒愴沈鬱，妙在含蓄不盡。

唐圭璋《唐宋詞簡釋》：此首記泛舟之樂。起記堤上遊人之樂；次記堤下春水之盛；「綠楊」句記臨水人家之富麗。下片，觸景生感，寓有及時行樂之意。

〈踏莎行〉

候館[1]梅殘，溪橋柳細，草薰風暖[2]搖征轡[3]。離愁漸遠漸無窮，迢迢[4]不斷如春水。　　寸寸柔腸，盈盈[5]粉淚[6]。樓高莫近危闌倚。平蕪[7]盡處是春山，行人更在春山外。

注 釋

1 候館：迎候賓客的館舍。
2 草薰風暖：化用南朝江淹〈別賦〉：「閨中風暖，陌上草薰。」薰，花草的香氣。
3 征轡：馭馬的韁繩。

4 迢迢：長遠的樣子。

5 盈盈：淚水充溢的樣子。

6 粉淚：淚水流至臉上，與粉妝和在一起，特指女子的眼淚。

7 平蕪：平地上一望無際的青草。

導讀

　　本詞並非僅是一般送別情詞，而是兼具「行人」與「送行人」的不同情思。詞作上片的候館、溪橋、征轡，是「行人」離別時所見景色，再以迢迢春水喻其無窮離愁。下片的柔腸、粉淚，則著眼於「送行者」的別後情思，因不見行人，只能登樓遠眺其去處。末兩句「平蕪盡處是春山，行人更在春山外」，寫行人遠去，送行者入眼所見僅平蕪、青山而已。詞意婉轉深厚，成為本詞傳頌名句。

　　詞末兩句語意，與歐陽修友人石曼卿詩句「水盡天不盡，人在天盡頭」有相通之處，明人楊慎遂有「其偶同乎？抑相取乎？」的質疑。清初王士禎則認為，石曼卿詩與歐陽修詞「意近而工拙懸殊」，是不能相提並論的。平心而論，石曼卿的詩句予人有「平直」之感，但歐陽修的詞作卻頗具「婉曲」之美。讀者不妨深入體會、領會之。

析評

　　〔明〕楊慎《詞品》卷1：歐公詞「平蕪盡處是春山，行人更在春山外」；石曼卿詩：「水盡天不盡，人在天盡頭」。歐與石同時，且為文字友，其偶同乎？抑相取乎？

　　〔清〕王士禎《花草蒙拾》：「平蕪盡處是春山，行人更在春山外。」升庵（楊慎）以擬石曼卿「水盡天不盡，人在天盡頭」，未免河漢。蓋意近而工拙懸殊，不啻霄壤。且此等入詞為本色，入詩即失古雅，可與知者道耳。

〈南歌子〉

鳳髻[1]金泥帶[2]，龍紋玉掌梳[3]。走來窗下笑相扶，愛道：畫眉深淺入時無[4]？　　弄筆[5]偎人久，描花試手初[6]。等閒[7]妨了繡功夫。笑問：雙鴛鴦字怎生[8]書？

注釋

1 鳳髻：梳成鳳凰式樣的髮髻。

2 金泥帶：以金色顏料塗飾的髮帶，流行於北宋時期。

3 龍紋玉掌梳：雕有龍紋的手掌形玉梳。

4 愛道畫眉深淺入時無：化用唐代朱慶餘〈近試上張水部〉：「妝罷低聲問夫婿，畫眉深淺入時無？」入時，合於流行。

5 弄筆：擺弄著筆管。

6 試手初：試試自己初次描花的手藝。

7 等閒：輕易、隨便。

8 怎生：怎樣、如何。

導讀

　　本詞以新嫁娘為書寫對象。上片刻畫其裝扮舉止，下片敘寫其與夫婿親暱的互動情趣。既化用唐詩名句，也採取小調歌謠常見的口語對話，人物形象生動活潑，不愧為小詞「當行」之作。詞中所寫閨情，亦能點到為止，不流於鄙下淫靡，王國維謂其詞「終有品格」，即是著眼於此。

　　歐陽修在北宋文壇、詩壇、政壇，都是德業文章儼然道貌的人物，詞集中卻有不少這類的相思、閨情之作，引發後人的質疑與不解，宋代曾慥《樂府雅詞》和陳振孫《直齋書錄解題》甚至認為這些都是「仇人無名子所為」，藉以維護歐陽修道貌岸然的形象。但誠如清人謝章鋌所謂「情語則熱血所鍾」，換句話說，道貌岸然者未必都

是冷漠無情人。透過這些情之所鍾、具當行本色的小詞，體現了歐陽修在德業文章之外的纏綿多情形象。

析評

〔清〕先著、程洪《詞潔》卷2：公老成名德，而小詞當行乃爾。

〔清〕謝章鋌《賭棋山莊詞話》卷4：情語則熱血所鍾，纏綿惻悱，而即近知遠，即微知著，其人一生大節，可於此得其端倪。「笑問雙鴛鴦字怎生書」出自歐陽文忠。「殘燈明滅枕頭敧，諳盡孤眠滋味」，出自范文正。是皆一代名德，慎勿謂曲子相公皆輕薄者。

王國維《人間詞話》：詞之雅鄭，在神不在貌。永叔、少游雖作艷語，終有品格，方之美成，便有淑女與娼妓之別。

柳 永

生平

　　柳永（987-1053），原名三變，字耆卿，福建崇安人。宋眞宗朝應試不第，長期滯留京城，多遊狹邪，流連坊曲；後於仁宗朝中進士，曾任屯田員外郎，世稱柳屯田。晚年流落不遇，病歿於潤洲（今江蘇省鎮江市）。著有詞集《樂章集》。

　　柳永年少即有俊才，精通音律，其詞長於鋪敘，作有大量長調，對詞體的發展有重大貢獻。借鑒民間俗曲新腔，創制慢詞；又結合羈旅行役、狎妓行樂之詞，開拓詞作的題材。後世論者多不滿柳永之浮艷，然而其通俗之作，本爲代歌妓抒情，故作品流布廣泛，有「凡有井水處，即能歌柳詞」之稱。

〈鶴沖天〉

　　黃金榜上，偶失龍頭[1]望。明代暫遺賢[2]，如何向？未遂風雲[3]便，爭不[4]恣遊狂蕩？何須論得喪，才子詞人，自是白衣卿相[5]。　　煙花巷陌，依約丹青屏障[6]。幸有意中人，堪尋訪。且恁[7]偎紅倚翠[8]。風流事、平生暢。青春都一晌，忍把浮名，換了淺斟低唱[9]。

注釋

1 龍頭：指狀元。
2 明代暫遺賢：抒發仕途失意，不為世用之情，化用唐代孟浩然〈歲暮歸南山〉：「不才明主棄，多病故人疏。」
3 風雲：指奮迅拔起，飛黃騰達。

4 爭不：怎不，爲何不要。

5 白衣卿相：古代未仕者著白衣，後爲無功名者自稱。《南史・陶弘
　景傳》記載：「永明十年，脫朝服掛神武門，上表辭祿。詔許之，
　賜以束帛，敕所在，月給伏苓五斤，白蜜二升，以供服餌。」時人
　稱之爲「白衣宰相」。

6 丹青屏障：畫紅塗綠的屏風。

7 恁：如此。

8 偎紅倚翠：即狎妓之意。

9 淺斟低唱：斟酒唱歌，表示狎暱嬉遊之狀。

導讀

　　本詞是柳永早期進士落榜時所作。由詞中的「偶失」、「暫遺」
，可見柳永應只視爲一時失利，並未完全絕望，從而有後續的「爭不
恣遊狂蕩」、「何須論得喪」、「才子詞人，自是白衣卿相」之類的
狂言豪語。

　　詞作下片，再度以流連「煙花巷陌」、「偎紅倚翠」的風流事跡
爲尙，與上片「恣遊狂蕩」的論調前後呼應。末三句更以靑春短暫，
應及時行樂來收結全詞，具體展現了落榜後「何須論得喪」的豪邁不
羈。

　　柳永詞中輕狂放蕩的言論，固然可視爲落榜失意而有的過激之
言，但站在宋仁宗「留意儒雅，務本向道，深斥浮艷虛薄之文」的統
治立場，柳永「忍把浮名，換了淺斟低唱」的論點，不僅牴觸當局政
策，也有鼓吹浮華之嫌，導致柳永日後仕途多蹇，四處羈旅遊宦，甚
至終老異鄉，付出的代價不可謂不大。

析評

　　〔淸〕葉申薌《本事詞》卷上：(柳永賦〈鶴沖天〉)都下盛傳，
至達宸聽。時仁宗方深思儒雅，重斥浮華。聞之艴然。次舉，柳即登
第。至臚唱時，帝曰：「此人好去淺斟低唱，何要浮名，且塡詞

去。」柳因自稱奉旨填詞。迨景祐中,始復得第。改名後,方磨勘轉官。

　　劉永濟《唐五代兩宋詞簡析》:此詞即仁宗據以落柳永之第者。封建時代,如有失意於科第之人,便生不重視科第之念,乃人主所深惡。此詞乃永初試不及第所作,語皆狂放。

〈定風波〉

　　自春來、慘綠愁紅,芳心是事可可[1]。日上花梢,鶯穿柳帶,猶壓香衾[2]臥。暖酥消[3],膩雲鬟[4]。終日厭厭[5]倦梳裹。無那[6],恨薄清一去,音書無個。　　早知恁麼[7],悔當初、不把雕鞍鎖。向雞窗[8]、只與蠻箋象管[9],拘束教吟課。鎮[10]相隨,莫拋躲。針線閒拈伴伊坐。和我。免使年少,光陰虛過。

注釋

1 是事可可:凡事都不在意,沒興趣。可可:不在意,不關心。

2 香衾:芳香的被褥。

3 暖酥消:臉上的潤澤消失了,亦即面黃肌瘦。

4 膩雲鬟:頭髮散亂,久未梳理。鬟:音朵,下垂。

5 厭厭:即病懨懨的樣子。

6 無那:無奈。

7 恁麼:即「這麼」,指情人一去音信全無的情況。

8 雞窗:書房。南朝宋・劉義慶《幽明錄》載:「晉兗州刺史沛國宋處宗嘗買得一長鳴雞,愛養甚至,恒籠著窗間。雞遂作人語,與處宗談論,極有言智,終日不輟。處宗因此言巧大進。」後以「雞窗」指書齋。如南宋范成大〈嘲蚊〉詩云:「雞窗夜可誦,蛩機曉猶織。」

9 蠻箋象管：精緻的紙與筆。蠻箋：指古時四川所產的彩色箋紙。象
　管：即象牙做的筆管。
10 鎮：鎮日，整日。

導讀

　　本詞是理解柳永詞何以有「膩柳」稱號的代表作。

　　詞中以代言體的方式，寫女子在情人離開後無心梳理打扮的情
狀，如日上花梢後，「猶壓香衾臥」；以及頭髮散亂，「終日厭厭倦
梳裏」等詞句，並且「悔當初、未把雕鞍鎖」，後悔當初未能把情人
留在身旁。以下帶出女子「鎮相隨，莫拋躲，針線閒拈伴伊坐」的心
願，期盼情郎能與她終日相隨不離，莫負恩愛好時光。

　　若以「旖旎近情」的角度而言，本詞用語淺俗，對情愛的表達更
是直接、露骨；但若以「雅詞」的角度來說，本詞不免庸俗低級，尤
其是詞中「拘束教吟課」、「鎮相隨，莫拋躲，針線閒拈伴伊坐」，
更有兒女情長，英雄氣短之嫌，無怪乎要被詞風雍容閒雅的晏殊斥退
並畫清界限了（參見「析評」所附《畫墁錄》資料）。

　　柳永詞集中的男女相思情詞，固然淺俗動人，傳播久遠，卻不免
有「綺羅香澤」、「風期未上」的批評，這也是柳永詞作正、負評價
的關鍵所在。

析評

　　〔北宋〕張舜民《畫墁錄》卷 1：柳三變既以詞忤仁廟（宋仁
宗），吏部不放改官。三變不能堪，詣政府。晏公曰：「賢俊作曲子
麼？」三變曰：「只如相公亦作曲子。」公曰：「殊雖作曲子，不曾
道『針線慵拈伴伊坐』」。柳遂退。

　　胡雲翼《宋詞選》：這是柳永俚詞的代表作。它的特點是把情愛
描繪得很露骨。這種寫法不合於文人雅士創作的傳統，所以遭到以晏
殊為首的大夫的反對……可是當時的市民對晏殊的雅詞遠不如對
柳永的俚詞有濃厚的興趣。柳詞致力於鋪敘，刻畫入微，對於詞作的

藝術技巧確是有所貢獻，但由於過分迎合市民的口味，也不免有許多庸俗低級的趣味描寫，像本詞中「暖酥消，膩雲嚲」一類的句子，已逐漸流露渲染色情的傾向。

〈雨霖鈴〉

寒蟬淒切，對長亭[1]晚，驟雨初歇。都門帳飲[2]無緒[3]，留戀處，蘭舟[4]催發。執手相看淚眼，竟無語凝噎[5]。念去去[6]、千里煙波，暮靄[7]沈沈楚天闊。　　多情自古傷離別，更那堪、冷落清秋節。今宵酒醒何處？楊柳岸、曉風殘月。此去經年[8]，應是良辰好景虛設。便縱有、千種風情[9]，更與何人說？

注釋

1 長亭：古代驛路十里設一長亭，五里設一短亭，以供行人休息，亦為送別的地方。

2 都門帳飲：在京城門外，設置帷帳，宴飲送行。

3 無緒：沒有歡樂的情緒。

4 蘭舟：畫船的雅稱。

5 凝噎：因悲傷而氣結聲阻，如喉嚨阻塞，無法言語。

6 去去：遠去。

7 暮靄：黃昏時天空的雲氣。

8 經年：年復一年。

9 風情：男女風月情懷，亦即愛情。

導讀

本詞是一首典型的悲秋情懷兼送別之作，是柳永仕途失意，遠離京城與愛人分別所作的情詞。詞作上、下片各押五仄韻，詞情幽咽淒

切，詞句真切動人。

　　詞作上片寫臨別時情景，先以「寒蟬、秋晚、驟雨」渲染出都門餞飲無緒與執手相看淚眼的不捨；繼而以楚天「千里煙波、暮靄沈沈」，引發前路茫茫、心緒沈重之感。

　　詞作下片設想別後相思之苦。以「多情自古傷離別」表明離情依依，乃千古有情人之共感，而非一己獨有，何況是「冷落清秋」時節，更增添離情的難堪。以下「楊柳岸，曉風殘月」，則是預想今宵別後酒醒所見到的淒涼景象，甚至以「此去經年，應是良辰好景虛設」的難解離恨，抒發心中千樣種風月情懷與往後無人訴說的苦悶。

　　全詞情景交融、景中含情，備受歷來詞評家稱譽，成為柳永最受世人傳唱經典詞作。尤其是句中的「楊柳岸，曉風殘月」，更被用以概括柳永詞風，與蘇軾〈念奴嬌〉的「大江東去」，形成「膩柳、豪蘇」的兩種不同風格對比。

析 評

　　〔南宋〕俞文豹《吹劍錄》：東坡在玉堂日，有幕士善歌，因問：「我詞何如柳七？」對曰：「柳郎中詞，只合十七八女郎，執紅牙板，歌『楊柳岸、曉風殘月』。學士詞，須關西大漢、銅琵琶、鐵綽板，唱『大江東去』。」東坡為之絕倒。

　　唐圭璋《唐宋詞簡釋》：此首寫別情，盡情展衍，備足無餘，渾厚綿密，兼而有之。宋於庭（宋翔鳳，1777-1860）謂柳詞多「精金碎玉」，殆謂此類。

　　俞陛雲《唐五代兩宋詞選釋》：客情之淒涼，風景之清幽，懷人之綿邈，皆在「楊柳岸」七字之中，宜二八女郎紅牙按拍，都唱屯田也。此七字已探得驪珠，後四句乃敘別後之情，以完篇幅。

〈鳳棲梧〉（又名〈蝶戀花〉）

佇¹倚危樓²風細細，望極春愁，黯黯³生天際。草色煙光⁴殘照裡，無言誰會憑闌意？　擬把疏狂⁵圖一醉，對酒當歌，強⁶樂還無味。衣帶漸寬終不悔⁷，為伊消得⁸人憔悴。

注釋

1 佇：久立。

2 危樓：高樓。

3 黯黯：心情沮喪憂愁。

4 煙光：飄忽繚繞的雲靄霧氣。

5 疏狂：狂放不受拘束。

6 強：勉強。

7 衣帶漸寬終不悔：比喻人逐漸消瘦，化用〈古詩十九首〉：「相去日已遠，衣帶日已緩。」

8 消得：值得。

導讀

本詞以登樓念遠而生「春愁」為一篇主旨，上片寫登樓所見春景，下片寫登樓懷遠所感。

柳永因早年詞作〈鶴沖天〉有「忍把浮名，換了淺斟低唱」之句，以致科場不順，只得羈旅漂泊，求取功名，詞集中遂多見行旅途中傷高念遠之作。詞中的「疏狂圖醉」與「強樂無味」，可說是漂泊浪子的寫照與心聲。

詞末兩句「衣帶漸寬終不悔，為伊消得人憔悴」，原是寫其思念遠人，即使憔悴消瘦也執著不悔的心情，但經王國維《人間詞話》拈出，作為「古今成大事業、大學問」者所必須經歷的「第二境」後，詞中痴情與執著的本意，反倒被王國維截句後引申的勵志意義所掩蓋，讓人幾乎忘了這原本是首以「春愁」為主題的情詞了。

〔清〕賀裳《皺水軒詞筌》：小詞以含蓄爲佳，亦有作決絕語而妙者，如韋莊「誰家年少足風流。妾擬將身嫁與，一生休。縱被無情棄，不能羞」之類是也。牛嶠「須作一生拼，盡君今日歡」，抑其次矣。柳耆卿「衣帶漸寬終不悔，爲伊消得人憔悴」，亦即韋意而氣加婉。

王國維《人間詞話》：古今之成大事業、大學問者，必經過三種之境界，以「衣帶漸寬終不悔，爲伊消得人憔悴」爲第二境。

唐圭璋《唐宋詞簡釋》：換頭深婉。「擬把」句，與「衣帶」兩句，更柔厚。與「不辭鏡裡朱顏瘦」語，同合風人之旨。

〈八聲甘州〉

對瀟瀟[1]暮雨灑江天，一番洗清秋[2]。漸霜風淒緊，關河[3]冷落，殘照當樓。是處紅衰翠減[4]，苒苒[5]物華[6]休。唯有長江水，無語東流。　　不忍登高臨遠，望故鄉渺邈[7]，歸思難收。歎年來蹤跡，何事苦淹留！想佳人、妝樓顒望[8]，誤幾回、天際識歸舟。爭知我、倚闌干處，正恁[9]凝愁。

1 瀟瀟：雨勢急驟貌。
2 清秋：清朗寒涼的秋景。
3 關河：關塞與河流，此指山河。
4 紅衰翠減：花葉凋零。
5 苒苒：形容時光逐漸消逝。
6 物華：繁盛美好的景物。
7 渺邈：遙遠而渺茫。

8 顒望：抬頭凝望。顒，嚮慕。

9 恁：這樣。

導讀

　　本詞是柳永詞集中，除〈雨霖鈴〉之外的另一首傳世名作。

　　詞中上半寫寒士秋日登高所見的冷清寥落之景，因景象壯闊高遠，頗能引人感發聯想，蘇軾故而曾譽之爲「不減唐人高處」。詞作下半則是寫其思鄉念遠之情，並巧妙設想佳人倚樓遠眺，甚且有誤識歸舟的美麗錯誤，末三句以自己的倚闌凝愁作收。既見其與佳人兩地相思，也呼應首句「對瀟瀟暮雨灑江天」的登樓遠望，布局頗見回環映照之妙。

　　翻開柳永詞集，常可見以「浪子千里飄泊、佳人深閨顒望」爲主旨的詞，例如：

・想繡閣深沈，爭知憔悴損、天涯行客。（〈傾杯〉）

・脈脈人千里，念兩處風情，萬重煙水。（〈卜算子〉）

・惆悵舊歡何處？後約難憑，看看春又老。（〈留客住〉）

・從前早是多成破，何況經歲月，相拋嚲。（〈鶴沖天〉）

・繡閣輕拋，浪萍難駐，歎後約丁寧竟何據？（〈夜半樂〉）

・舊賞輕拋，到此成遊宦。覺客程勞，年光晚。（〈迷神引〉）

・一場寂寞憑誰訴？算前言，總輕員。早知恁地難拌，悔不當初留住。（〈晝夜樂〉）

此外，另有〈婆羅門令〉詞，在夜深難寐、空床輾轉追想後，以「空有相憐意，未有相憐計」，道出天下有情人分隔兩地的無奈與悲哀，在在勾勒出柳永「多情浪子」的形象。

析評

　　〔北宋〕趙德麟《侯鯖錄》卷7：東坡云：世言柳耆卿曲俗，非

也。如〈八聲甘州〉云：「風霜淒緊，關河冷落，殘照當樓。」此語於詩句，不減唐人高處。

〔清〕田同之《西圃詞說》：耆卿詞以「關河冷落，殘照當樓」與「楊柳岸，曉風殘月」爲佳，非是則淫以褻矣。此不可不辨。

唐圭璋《唐宋詞簡釋》：此首亦柳詞名著。一起寫雨後之江天，澄澈如洗。「漸霜風」三句，更寫風緊日斜之境，淒寂可傷。以東坡之鄙柳詞，亦謂此三句「唐人佳處，不過如此」。

〈憶帝京〉

薄衾小枕涼天氣，乍覺別離滋味。展轉數寒更[1]，起了還重睡。畢竟不成眠，一夜長如歲。　　也擬待[2]、卻回征轡[3]。又爭奈[4]、已成行計[5]。萬種思量，多方開解，只恁[6]寂寞厭厭[7]地。繫我一生心，負你千行淚。

注釋

1 數寒更：因難眠而數著寒夜的更點。古人將一夜分為五更，每更又分作五點。更則擊鼓，點則擊鑼，用以報時。

2 擬待：打算。

3 征轡：遠行之馬的韁繩，代指遠行的馬。

4 爭奈：怎奈，奈何。

5 行計：出行的打算。

6 恁：如此、這樣。

7 厭厭：同「懨懨」，精神不振的樣子。

導讀

柳永後期詞作中，一部分抒發其羈旅行役之感，另一部分則寫其相思念遠之情。本詞屬後者。全詞除了首句以「薄衾小枕涼天氣」點

明時節，其餘皆爲情語，而非一般詞作常見的情景交融或是以景襯情的表現手法，是本詞值得留意之處。

詞作上片，柳永抒發「展轉寒更」、夜深難寐的情狀，下片則點出其「萬種思量」的糾結與矛盾。若能返家團聚（卻回征轡）固然可消減相思之苦，無奈因外務纏身，難以割捨（爭奈已成行計），左右爲難，只能「多方開解」，自欺欺人。不但自己因羈旅飄泊而「寂寞懨懨」，提不起勁，想到佳人在遠方翹首等待，更有「負你千行淚」的遺憾與愧對。全詞設想多方，自解自縛，眞摯動人。

析評

吳世昌《詞林新話》：東坡「算應負你，枕前珠淚，萬點千行。」即從柳永〈憶帝京〉：「繫我一生心，負你千行淚。」化出。柳語沉著誠摯，令人感服。東坡改後便令人有扭捏做作之感（假使不是油腔滑調，言不由衷）。何則？柳詞衝口而出，不假推敲修飾，純是天籟；蘇詞則剪裁湊字數。柳詞只十個字，說兩層意思：「繫我心，負你淚」，自然天眞。蘇詞則用十二字三句，只說得柳一半意思。

〈少年遊〉

長安古道馬遲遲，高柳亂蟬嘶。夕陽鳥外[1]，秋風原上，目斷[2]四天垂。　　歸雲一去無蹤跡，何處是前期，狎興[3]生疏，酒徒蕭索，不似去年時。

注釋

1 鳥外：鳥遠飛至天外。另有作「島」，則指河中的沙洲、小島，但與長安地理環境不合。

2 目斷：極目遠望的盡頭。

3 狎興：冶遊的興致。狎：放浪嬉戲。

本詞是柳永詞中「秋士易感」的系列作品。

詞作上片寫其秋日登高所見，由「古道」、「蟬嘶」、「夕陽」、「秋風」等詞，渲染出寒士飄零於秋日古道、西風瘦馬的蕭瑟情調，從而引發下片的滄桑落拓之感，不但歸期遙遙，連狎興出遊、飲酒作樂都已冷落荒疏。

本詞若與柳永早年「忍把浮名，換了淺斟低唱」（〈鶴沖天〉）的疏狂放蕩，或是與「狂朋怪侶，遇當歌對酒、競留連」（〈戚氏〉）豪情逸興相較，更令人唏歔慨嘆。

析評

〔清〕譚獻《復堂詞話》：挑燈讀宋人詞，至柳耆卿云：「狎興生疏，酒徒蕭索，不似少年時。」語不工，甚可慨也。

葉嘉瑩《靈谿詞說》：前半闋全從景象寫起，而悲慨盡在言外；後半闋則以「歸雲」為喻象，寫一切期望之落空，最後三句以悲歎自己之落拓無成作結。全詞情景相生，虛實相映，是一首極能表現柳永一生之悲劇而藝術造詣又極高的好詞。

〈鳳歸雲〉

向深秋、雨餘爽氣肅西郊，陌上夜闌，襟袖起涼飆[1]。天末殘星，流電未滅，閃閃隔林梢。又是曉雞聲斷，陽烏[2]光動，漸分山路迢迢。　　驅驅[3]行役，苒苒光陰，蠅頭利祿，蝸角功名，畢竟成何事？漫[4]相高。拋擲雲泉，狎玩[5]塵土，壯節等閒消。幸有五湖煙浪，一船風月，會須[6]歸去老漁樵。

注釋

1 涼飆：秋風。

2 陽烏：指天色，古人相傳在太陽裡有三足烏。唐人李善注《文選》
　　曰：「《春秋元命包》曰：『陽成於三，故日中有三足烏，烏者，
　　陽精。』」

3 驅驅：奔走辛勞。

4 漫：徒然。

5 狎玩：戲弄。

6 會須：應當。

導讀

　　柳永因〈鶴沖天〉詞的「忍把浮名，換了淺斟低唱」而牴觸宋仁
宗後，從此仕途偃蹇，「遊宦成羈旅」（〈安公子〉）。但在羈旅飄
泊時中所見的風光物景，已不再是《花間集》或北宋初期閨怨詞的深
閨宅院，小園亭閣，而是如本詞般，既有雨後舒爽的郊景，也有在遠
處林梢流動的殘星與閃電；晨雞鳴叫後，奔赴在迢迢山路所見的朝陽
光動，又是另一番風景。

　　葉嘉瑩《靈谿詞說》論柳永在詞史上的開拓意義時，總結出三點
特色，分別是：「以男性口吻」、「書寫其行蹤所及之廣大關塞山
河」，並且是「以長調之慢詞，為鋪陳之敘寫」。透過本詞上片所寫
的深秋郊景，與下片因羈旅行役而有的「壯節等閒消」之慨的內容，
可具體了解柳永在詞史上的開創性成就與特殊性意義。

　　本詞之外，柳永詞集中尚有不少刻畫山水景物的詞句，據南宋・
羅大經《鶴林玉露》所載，柳永書寫「錢塘自古繁華」的〈望海
潮〉，流傳到北方後，金主完顏亮「聞歌，欣然有慕於『三秋桂子，
十里荷花』，遂起投鞭渡江之志。」可見柳詞對山水風景的描繪，確
實有其獨到之處。以下歸納其詞集中的數首詞例，供讀者參考。

・凍水消痕，曉風生暖，春滿東郊道。遲遲淑景，煙和露潤，偏
　繞長堤芳草。（〈古傾杯〉）

- 金風淡蕩，漸秋光老、清宵永。小院新晴天氣，輕煙乍斂，皓月當軒練淨。（〈傾杯〉）
- 艷陽時節，乍晴天氣，是處閒花芳草，遙山萬疊雲散，漲海千里，潮平波浩渺。（〈留客住〉）
- 別岸扁舟三兩只，葭葦蕭蕭風淅淅，沙汀宿雁破煙飛，溪橋殘月和霜白，漸漸分曙色。（〈歸朝歡〉）
- 江楓漸老，汀蕙半凋，滿目敗紅衰翠。楚客登臨，正是暮秋天氣。引疏砧，斷續殘陽裡。（〈卜算子〉）
- 萬壑千巖，越溪深處。怒濤漸息，樵風乍起。更聞商旅相呼。片帆高舉，泛畫鷁、翩翩過南浦。（〈夜半樂〉）
- 煙柳畫橋，風簾翠幕，參差十萬人家，雲樹繞堤沙。怒濤卷霜雪，天塹無涯。……重湖疊巘清嘉，有三秋桂子，十里荷花。羌管弄晴，菱歌夜泛，嬉嬉釣叟蓮娃。（〈望海潮〉）

析　評

　　〔南宋〕陳振孫《直齋書錄解題》：柳詞格固不高，而音律諧婉，語意妥帖，承平氣象，形容曲盡，尤工於羈旅行役之詞。

　　葉嘉瑩《唐宋詞十七講》：「向深秋……閃閃隔林梢。」這幾句雖然沒有深意，但也是柳永值得注意的成就，因為他不是因襲，不是模仿。你打開《花間集》看一看，金鷓鴣，到處都是金鷓鴣，雙雙金鷓鴣，到處都是金鷓鴣。玉爐香，紅燭淚，到處都是玉爐香，紅燭淚，都成了套語……他寫羈旅行役，所見大景物，真正的眼中所見，真正的身體所感。這是柳永的成就。

晏幾道

晏幾道（1037-1110），字叔原，號小山，晏殊幼子，詞家稱其父為大晏，稱幾道為小晏。以父蔭賜進士出身，矜貴疏俊，歌酒自放，不求仕進，只歷任開封府判官，潁撫許田鎮監等小官，晚年家道中落，窮愁潦倒。有詞集《小山詞》。

晏幾道專力為詞，造詣甚高，常於詞中懷念歌女，富貴風流，華而不俗，不流於輕褻；亦於詞作自傷淪落，哀怨淒楚。其詞多兒女私情，思致較淺狹；詞句直率真切，動搖人心。

〈鷓鴣天〉

彩袖殷勤捧玉鍾[1]，當年拚卻[2]醉顏紅。舞低楊柳樓心月[3]，歌盡桃花扇底風[4]。　　從別後，憶相逢，幾回魂夢與君同。今宵賸[5]把銀釭[6]照，猶恐相逢是夢中。

注釋

1 玉鍾：珍貴的酒器。

2 拚卻：不惜。

3 舞低楊柳樓心月：指整晚跳舞不休。句中的月亮由黃昏（月上柳梢）而至半夜（月上頂樓）再至天亮（東降低沈），由月亮位置的變化代指整夜。

4 歌盡桃花扇底風：桃花扇底風因歌唱太久，無力搧動而「盡」。「舞低」二句代指：整夜歌舞不休，直至天明。

5 賸：只剩。音、義皆同「剩」。

6 銀釭：銀燈。

本詞是晏幾道追溯其昔日歌舞歡會（詞作上片）與別後重逢的驚喜（詞作下片）。

詞中有兩處最為後人所稱道，其一是「舞低楊柳樓心月，歌盡桃花扇底風」，展現了富貴人家徹夜縱情歌舞的情景，與其父晏殊「梨花院落溶溶月，柳絮池塘淡淡風」的詩句，同樣具有雍容華貴之氣，絕非生長於僅有三戶人家的小村落居民所能想像得出來的。另一處是末二句「今宵剩把銀釭照，猶恐相逢是夢中」，後人常以之與杜甫〈羌村〉「夜闌更秉燭，相對如夢寐」的詩句相較。兩者雖然都是抒發久別重逢的驚喜之情，但詞中以「銀釭」取代詩中較直白的「燭」，並以「剩把」、「猶恐」四字呼應、轉折，將詩句的質直轉變為詞句婉約，成為後人論述「詩莊詞媚」時所經常引用的例句。

〔宋〕趙令時《侯鯖錄》卷 7 引晁無咎言〈評本朝樂章〉：晏幾道不蹈襲人語，風度嫻雅，自是一家。如「舞低楊柳樓心月，歌盡桃花扇底風。」知此人必不生在三家村中者。

〔清〕劉體仁《七頌堂詞繹》：「夜闌更秉燭，相對如夢寐」，叔原則云：「今宵賸把銀釭照，猶恐相逢是夢中。」此詩與詞之分疆也。

繆鉞、葉嘉瑩《靈谿詞說·論晏幾道〈鷓鴣天〉詞》：上半闋是利用彩色字面，描摹當年歡聚情況，似實而卻虛，宛如銀幕上的電影，當前一現，倏歸烏有；下半闋抒寫久別相思不期而遇的驚喜之情，似夢而卻真，利用聲韻的配合，宛如一首樂曲，使聽者也彷彿進入夢境。

〈臨江仙〉

　　夢後樓臺高鎖，酒醒簾幕低垂。去年春恨卻來時，落花人獨立，微雨燕雙飛。　　記得小蘋[1]初見，兩重心字[2]羅衣。琵琶絃上說相思。當時明月在，曾照彩雲[3]歸。

注釋

1 小蘋：歌姬名。〈小山詞序〉云：「始時，沈十二廉叔，陳十君龍家，有蓮、鴻、蘋、雲，品清謳娛客，每得一解，即以草授諸兒，吾三人持酒聽之，為一笑樂而已。」
2 心字：女子的衣帶結成心字形，與「深情」雙關。
3 彩雲：指美人離去的身影如彩雲般飄散。

導讀

　　據晏幾道〈小山詞序〉，可見詞中的「小蘋」當是親友家中的歌女，本詞應是對昔日歌酒生涯的追憶。

　　詞作上片，一、二句的「樓臺高鎖」、「簾幕低垂」，既是夢後酒醒的冷清境況，「高鎖」與「低垂」也暗指閉鎖低沈的心境。四、五句的「落花人獨立，微雨燕雙飛」，係化用唐末翁宏〈宮詞〉詩句：「又是春殘也，如何出翠幃？落花人獨立，微雨燕雙飛。」不僅詞意閒婉動人，也是承接上片的「春恨」並串起下片相逢回憶的關鍵。

　　詞作下片，前三句中的「兩重心字」、「絃上相思」，可謂語帶雙關，既可指歌女小蘋的服飾、動作，也有兩人心相通的情愫。詞末兩句「當時明月在，曾照彩雲歸」，以當時的一輪明月映襯目前的彩雲飄散、人去樓空的境況，更添無限惆悵。

　　本詞上片的「落花人獨立，微雨燕雙飛」，與下片的「當時明月在，曾照彩雲歸」，頗有追憶逝水年華之感，令人思之憮然，是以備

受後世詞評家推崇，有「名句千古」、「當時更無敵手」之譽（詳見以下「析評」）。

析評

〔清〕譚獻《譚評詞辨》卷1：「落花」兩句，名句千古，不能有二。末二句正以見其柔厚。

〔清〕陳廷焯《白雨齋詞話》卷1：小山詞如：「去年春恨卻來時，落花人獨立，微雨燕雙飛。」又：「當時明月在，曾照彩雲歸。」既閒婉，又沉著，當時更無敵手。

〈蝶戀花〉

醉別西樓醒不記，春夢秋雲，聚散真容易。斜月半窗還少睡，畫屏閒展吳山[1]翠。　　衣上酒痕詩裡字，點點行行，總是淒涼意。紅燭自憐無好計，夜寒空替人垂淚[2]。

注釋

1 吳山：本指江浙一帶的山，此指屏風上所繪之山。
2 紅燭自憐無好計，夜寒空替人垂淚：紅燭自悲自憐無計解脫哀淒，只能在寒夜裡空為人落淚。化用自唐人杜牧〈贈別〉：「蠟燭有心還惜別，替人垂淚到天明。」

導讀

晏幾道在〈小山詞序〉自言其詞多為「感光陰之易遷，歎鏡緣之無實」，本詞可說是這類離別感憶之作。

全詞詞旨集中在首句的「醉別西樓醒不記」，夢中所見昔日醉別西樓的情景，醒後卻渾然不記。全詞透過「昔—今—昔—今」交錯的方式進行。餘存的「衣上酒痕詩裡字」，見證了昔日的歡飲樂遊，醒後只見斜月半窗，畫屏閒展。由於詞中著意渲染醒後的「淒涼意」，

並化用杜牧〈贈別〉詩句,以「自憐」、「空替」等字轉折傳神,讓詞作更增添了一份沈鬱悲涼的況味。

本詞之外,晏幾道詞集中,屢見其對往日繁華盛景的追憶與難捨,例如:

- 羅衣著破前香在,舊意誰教改?(〈虞美人〉)
- 往事難忘,一枕高樓到夕陽。(〈減字木蘭花〉)
- 花不盡,柳無窮,別來歡事少人同。(〈鷓鴣天〉)
- 南苑吹花,西樓題葉,故園歡事重重。(〈滿庭芳〉)
- 別來長記西樓事,結遍蘭襟,遺恨重尋。(〈采桑子〉)
- 黃菊開時傷聚散,曾記花前,共說深深願。(〈蝶戀花〉)
- 花開花落昔年同,惟恨花前攜手處,往事成空。(〈浪淘沙〉)

以上詞句,皆有晏幾道所擅長的「以眼前景寫往日情」的特色,也有「夢醒成空」後的迷離恍惚之感,耐人尋思、回味。

析評

唐圭璋《唐宋詞簡釋》:「紅燭」兩句,用杜牧之「蠟燭有心還惜別,替人垂淚到天明」詩。但「自憐」、「空替」等字,皆能於空際傳神。二晏並稱,小晏精力尤勝,於此可見。

彭玉平《唐宋詞舉要》:清代沈謙《填詞雜說》云:「填詞結句,或以動蕩見奇,或以迷離稱雋,著一實語敗矣。」小晏此詞的歇拍和煞拍都是以景結情,堪稱「以迷離稱雋」,所以為高。

〈阮郎歸〉

天邊金掌[1]露成霜,雲隨雁字長。綠杯紅袖趁重陽,人情似故鄉。　　蘭佩紫,菊簪黃,殷勤理舊狂。欲將沈醉換悲涼,清歌莫斷腸。

1 金掌：漢代《三輔黃圖》記載武帝造神明臺，上有銅仙人舒掌捧銅
　盤，用以承露水；取其露混合玉屑，服之可成仙。此借用仙人捧露
　盤的典故。

導讀

　　本詞雖然是《小山詞》集中一貫的離別感憶主題，卻是詞集中「
最凝重深厚之作」（見「析評」陳匪石所言），此乃因本詞並非僅爲追
憶昔日戀情，而是著眼於「殷勤理舊狂」、「沈醉換悲涼」，結合黃
庭堅〈小山詞序〉所寫晏幾道生平的「四癡」之舉，不難理解晏幾道
在當時有「一肚皮不合時宜」評價的原因。

　　詞意之外，本詞的詞面多見色字，如金掌、綠杯、紅袖、紫蘭、
黃菊，不僅是小晏詞的用字特色，也往往是晚唐五代或是北宋初期「
詞媚」的特點，讀者不妨多留意這一點。

析評

　　〔北宋〕黃庭堅〈小山詞序〉：「小山磊隗權奇，疏於顧忌。仕
宦連蹇，而不能一傍貴人之門，是一癡也；論文自有體，不肯一作
新進士語，此又一癡也；費資千百萬，家人寒饑，而面有孺子之
色，此又一癡也；人百負之而不恨，己信人，終不疑其欺己，此又一
癡也。」

　　〔清〕況周頤《惠風詞話》卷2：「綠杯」二句，意已厚矣。「
殷勤理舊狂」，五字三層意思。「狂」者，所謂一肚皮不合時宜，發
見於外者也。狂已歸矣，而理之，而殷勤理之，其狂若有甚不得已
者。「欲將沉醉換悲涼」，是上句註腳。「清歌莫斷腸」，仍含不盡
之意。此詞沉著厚重，得此結句，便覺竟體空靈。

　　陳匪石《宋詞舉》：此在《小山詞》中，爲最凝重深厚之作，與
其他豔詞不同。

　　胡雲翼《宋詞選》：這首詞作者自抒其失意的感慨，超出了閨情的範圍。有人疑心蘭、菊是侍兒的名字，這種說法沒有根據。屈原的《離騷》曾用「秋蘭」、「秋菊」象徵自己的高潔。晏幾道在這首重陽詞裡提到應景的蘭、菊，不但是很自然的，而且也是用來比喻自己孤芳自賞的性格。

蘇　軾

生平

　　蘇軾（1037–1101），字子瞻，號東坡居士，眉州眉山（今四川省眉山市）人。宋仁宗朝進士，爲主考歐陽修所賞識，因寫詩被指控爲譏刺新法而下獄，後貶黃州，數次轉任地方官職，最後卒於常州，謚文忠。

　　蘇軾爲北宋中期文壇領袖，於詩、詞、文、書、畫等皆有傑出成就，與其父蘇洵、弟蘇轍，時號三蘇，詞集名爲《東坡樂府》。蘇軾詞作一洗綺羅香澤之態，將詩體「言志」內容引入詞體，大凡山川景物、感舊懷古、哲理物情、傷別悼亡等皆入詞中，擴大內容與題材，不再限於男女之情的「艷科」而已，被視爲豪放詞派的代表。

〈江城子〉（密州出獵）

　　老夫聊[1]發少年狂，左牽黃，右擎蒼[2]。錦帽貂裘，千騎卷[3]平岡[4]。爲報傾城[5]隨太守，親射虎，看孫郎[6]。　　酒酣胸膽尚開張，鬢微霜，又何妨！持節雲中，何日遣馮唐[7]？會[8]挽雕弓如滿月，西北望，射天狼[9]。

注釋

1 聊：姑且。

2 左牽黃，右擎蒼：左手牽黃狗，右臂舉蒼鷹。古人打獵時用犬和鷹
　　來追捕獵物。

3 卷：通「捲」，形容飛馳而過，如疾風捲落葉般。

4 平岡：平坦寬曠的山崗。

5 傾城：此指滿城百姓。

6 孫郎：即三國孫權，蘇軾以孫權自喻，以示膽壯勇武。典故出自
　《三國志・孫權傳》：「親乘馬射虎於庱亭，馬為虎所傷，權投以
　雙戟，虎卻廢。」

7 持節雲中，何日遣馮唐：典故引自《漢書・馮唐傳》，雲中郡太守
　魏尚破匈奴有功，卻因上報殺敵數目與實際不符而遭撤職，幸賴朝
　中大臣馮唐諫言，漢文帝才派馮唐持符令詔書，至雲中郡赦免魏
　尚。節，使節的符令，用作憑證。雲中，漢代郡名，位於今內蒙古
　北方。

8 會：將要。

9 天狼：星名，古代用以代表貪殘侵略。此喻北宋西北邊境的敵人西
　夏。

導讀

　　本詞是蘇軾於宋神宗熙寧年間，於密州（今山東省諸城市）知州任
上時所作。蘇軾藉由「出獵」時「酒酣胸膽尚開張」的豪情，引發出
「挽雕弓」、「射天狼」的壯志，期盼未來有機會殺敵立功報國。

　　以詞牌的句式結構而言，〈江城子〉大量運用節奏較飛揚輕快的
單式句，其中「三字句」的有：「左牽黃、右擎蒼、親射虎、看孫
郎、鬢微霜、又何妨、西北望、射天狼。」另有「二＋三句」的句
式如：「千騎－卷平岡、何日－遣馮唐」。

　　而以「四＋三句」的結構組合則有：「老夫聊發－少年狂、為報
傾城－隨太守、酒酣胸膽－尚開張、會挽雕弓－如滿月。」

　　在大量的單式句結構外，由於〈江城子〉限押一韻到底的平聲
韻，加以蘇軾使用的是偏於響亮的「江陽韻」，很適合「出獵」時節
奏明快、慷慨激昂的情調，展現了蘇軾詞以「豪放」著稱的特質。

　　蘇軾在〈與鮮于子駿〉的書信中，曾提及這首出獵後所寫的詞，
自言：「雖無柳七風味，亦自是一家。」詞作完成後，並且「令東州

壯士抵掌頓足而歌之，吹笛擊鼓以爲節，頗壯觀也。」可見蘇軾對本詞是頗爲自得與賞愛的。

析 評

《蘇軾文集》卷 53〈與鮮于子駿〉第二首：近卻頗作小詞，雖無柳七風味，亦自是一家。呵呵。數日前，獵於郊外，所獲頗多。作得一闋，令東州壯士抵掌頓足而歌之，吹笛擊鼓以爲節，頗壯觀也。

彭玉平《唐宋詞舉要》：作爲蘇軾早期的一首豪放詞，除了作者所描寫的壯闊場景和飛揚意趣，讓讀者在傳統婉約詞風中耳目一新之外，詞中一連串表現動態的詞，如發、牽、擎、卷、射、挽、望等，也十分形象地展現了從出獵到酒酣抒懷的過程，爲全詞豪放開闊的情感基調增添了色彩。

〈**江城子**〉（乙卯正月二十日夜記夢）

十年生死兩茫茫，不思量，自難忘。千里孤墳，無處話淒涼。縱使相逢應不識，塵滿面，鬢如霜。　　夜來幽夢忽還鄉[1]。小軒窗[2]，正梳妝。相顧無言，惟有淚千行。料得年年腸斷處，明月夜，短松岡[3]。

注 釋

1 幽夢忽還鄉：一說指蘇軾夢見回到故鄉，另一說指蘇軾之妻於其夢中歸來。
2 軒窗：小窗。軒，窗的別稱。
3 短松岡：種植低矮松樹的小山崗。此代指蘇軾亡妻王弗的墓地。

導 讀

由詞中題序，可知本詞寫於北宋神宗熙寧八年（乙卯，1075年），蘇軾任職密州知州時所作。距離蘇軾元配王弗離世（1065）已

過十年，正月二十日蘇軾夢見王弗，本詞即爲記夢所作的悼亡詞。

詞作上片寫亡妻過世後的難忘與滄桑之情。詞作下片爲夢中的情境與醒後的哀傷。詞末的「明月夜，短松崗」，既是蘇軾年年思之「斷腸」的場景，也埋葬亡妻的「千里孤墳」所在，全詞明白如話，深婉動人。

值得思考的是，同樣是〈江城子〉詞牌，蘇軾在〈密州出獵〉一詞中，用來抒發豪情，但本詞則以之悼念亡妻，兩者情調截然不同，究竟何者更能貼近〈江城子〉的詞牌特性呢？

由於〈江城子〉這個詞牌多用「三字句」（包括純粹的三字句，以及「二＋三句式」與「四＋三句式」），易營造出節奏飛揚輕快的效果。此外，這首悼念亡妻的〈江城子〉所使用的韻部，與〈密州出獵〉同樣是偏於響亮的「江陽韻」。因此，由詞牌的節奏感與韻部的聲情而論，蘇軾以〈江城子〉表達「出獵」時慷慨激昂的情志是適合的，但以之悼亡，難免有違和之感，更別說是「音響淒厲」（參見「析評」唐圭璋評論）了。

南宋王灼《碧雞漫志》有「東坡先生非醉心於音律者，偶爾作歌，指出向上一路，新天下耳目，弄筆者始知自振。」之言，雖頗爲迴護之意，但透過本詞，確實可以印證蘇軾填詞「非醉心於音律」這一點。

析 評

唐圭璋《唐宋詞簡釋》：「此首爲公悼亡之作。眞情鬱勃，句句沉痛，而音響淒厲，誠後山（按：北宋陳師道，號後山居士）所謂『有聲當徹天，有淚當徹泉』」也。

胡雲翼《宋詞選》：這是一首悼亡詞，體現了作者對妻子永不能忘的深摯的感情。某些詞話家說蘇軾「短於情」，那是不確切的。蘇軾僅是不喜歡寫「綺羅香澤」的艷情。

〈水調歌頭〉（丙辰中秋，歡飲達旦，大醉。作此篇，兼懷子由）

　　明月幾時有，把酒問青天。不知天上宮闕，今夕是何年？我欲乘風歸去，又恐瓊樓玉宇[1]，高處不勝[2]寒。起舞弄清影，何似在人間！　轉朱閣[3]，低綺戶[4]，照無眠。不應有恨，何事長向別時圓。人有悲歡離合，月有陰晴圓缺，此事古難全。但願人長久，千里共嬋娟[5]。

注釋

1 瓊樓玉宇：古代相傳月中宮殿皆以瓊玉為之。
2 勝：忍受、經得住。
3 朱閣：朱紅色的華麗樓閣。
4 綺戶：雕飾花紋的門窗。
5 嬋娟：形態美好的樣子，此指月色明媚。

導讀

　　據本詞所附題詞：「丙辰中秋，歡飲達旦，大醉，作此篇，兼懷子由。」可知是蘇軾於宋神宗熙寧九年（丙辰，1076）中秋在密州（山東省諸城縣）時所作。本詞是蘇軾與其弟蘇轍分隔七年未能相見，中秋佳節倍思親人，遂於歡飲達旦後醉筆寫就。

　　詞作上片，因見月而有「乘風歸去」之奇想，卻唯恐天上「高處不勝寒」而月下徘徊，留連人間。詞作下片，又因月圓人不圓，而有惱月（何事長向別時圓）之怨，隨後由「人月無常，從古皆然」自我開解，最終以「但願人長久，千里共嬋娟」的美好祝願作結。

　　儘管本詞是蘇軾於中秋醉後佇興而作，但因「格高千古」（參見「析評」所附王國維《人間詞話》），以致「中秋詞，自東坡〈水調歌頭〉一出，餘詞俱廢。」（見南宋胡仔《苕溪漁隱叢話》）成為歷來歌詠中秋佳節的壓卷之作。

　　本詞備受關注的另一個重點在於：宋神宗讀到詞中的「又恐瓊樓玉宇，高處不勝寒」後，不禁有「蘇軾終是愛君」的感嘆，並將蘇軾由密州改調到離朝廷較近的汝州（河南臨汝）。本詞也因而被歷來「詞中是否有忠愛之思」的評論覆蓋，讓人差點忘了本詞的寄懷對象是蘇轍，而非宋神宗了。

析 評

　　〔南宋〕陳元靚《歲時廣記》卷 31 引《復雅歌詞》：時丙辰，熙寧九年也。元豐七年（1084），都下傳唱此詞。神宗問內侍外面新行小詞，內侍錄此進呈。讀至「又恐瓊樓玉宇，高處不勝寒」，上曰：「蘇軾終是愛君」，乃命量移汝州。

　　〔南宋〕胡仔《苕溪漁隱叢話》後集：中秋詞，自東坡〈水調歌頭〉一出，餘詞俱廢。

　　〔清〕黃蘇《蓼園詞評》：通首只是詠月耳。前闋是見月思君，言天上宮闕高不勝寒，但彷彿神魂歸去，幾不知身在人間也。次闋言月何不照人歡洽，何似有恨偏於人離索之時而圓乎？復又自解，人有離合，月有圓缺，皆是常事，惟望長久共嬋娟耳。纏綿悱惻之思，愈轉愈曲，愈曲愈深。忠愛之思，令人玩味不盡。

　　王國維《人間詞話》：東坡之〈水調歌頭〉則佇興之作，格高千古，不能以常調論也。

　　〈定風波〉（三月七日，沙湖道中遇雨。雨具先去，同行皆狼狽，
　　　　　　　　余獨不覺。已而遂晴，故作此詞）

　　莫聽穿林打葉聲，何妨吟嘯[1]且徐行。竹杖芒鞋[2]輕勝馬，誰怕？一蓑煙雨任平生[3]。　　料峭[4]春風吹酒醒，微冷，山頭斜照卻相迎。回首向來蕭瑟[5]處，歸去，也無風雨也無晴。

1 吟嘯：吟詩與長嘯，表示儀態安詳。

2 芒鞋：草鞋。

3 一簑煙雨任平生：即使披著簑衣在風雨中過一輩子，也處之泰然。

4 料峭：略帶寒意。

5 蕭瑟：風吹竹林之聲。

導讀

　　由本詞詞序所載，可知是蘇軾於宋神宗元豐五年（1082），因烏臺詩案被貶至黃州（湖北黃岡）擔任團練副使時所作。詞作背景為蘇軾於春日與友人出遊，卻於沙湖道中遇雨，友人皆感狼狽，獨蘇軾能吟嘯徐行，不以外在風雨縈懷，猶如仕宦途中遇貶，能不以得失掛心，「足證是翁坦蕩之懷」（見「析評」所附鄭文焯語）。

　　本詞的「一簑煙雨任平生」、「也無風雨也無晴」等句，雖然盡顯蘇軾超逸曠達的襟懷，但據王兆鵬等人合編的《宋詞排行榜》的資料顯示，古人對本詞的唱和，「交出了極為少見的白卷」，故而認為：「詞中卓然獨立，傲視流輩的形象和行為，在謹守『溫柔敦厚』庸腐教材的古代文人那裡，是不大受歡迎的。」儘管如此，但由於本詞常被選入當代的國文教材中，使得蘇軾「襟懷超逸曠達」的形象更加深植人心，成為今人琅琅上口的蘇詞名作。

析評

　　鄭文焯《手批東坡樂府》：此足證是翁坦蕩之懷，任天而動。琢句亦瘦逸，能道眼前景。以曲筆直寫胸臆，倚聲能事盡之矣。

　　劉永濟《唐五代兩宋詞簡析》：上半闋可見作者修養有素，履險如夷，不為憂患所搖動之精神。下半闋則顯示其對於人生經驗之深刻體會，而表現出憂樂兩忘之胸懷。

〈定風波〉（南海歸，贈王定國[1]侍人寓娘）

　　常羨人間琢玉郎[2]，天應[3]乞與[4]點酥娘[5]。自作清歌傳皓齒，風起，雪飛炎海[6]變清涼。　　萬里歸來年愈少，微笑，笑時猶帶嶺梅香。試問嶺南應不好？卻道，此心安處是吾鄉。

注釋

1 王定國：王鞏，字定國，蘇軾友人，因受烏臺詩案牽連，被貶至嶺南的賓州監酒稅，共三年，幾度瀕臨死亡，卻無幽憂憤歎之意。

2 琢玉郎：如玉雕琢般的俊朗男子，泛指青年男子，此指王鞏。

3 天應：上天感應。

4 乞與：給予。

5 點酥娘：膚如凝脂般光潔細膩的美女。

6 炎海：比喻酷熱。

導讀

　　蘇軾因烏臺詩案被貶官，其友朋、學生也多被牽連貶官，其中王鞏（字定國）被貶到賓州（今廣西賓陽）監管酒稅，是所有人中被貶得最遠，也是責罰最重的。王鞏被貶時，幸有歌妓柔奴（即題詞中的「寓娘」）隨行服侍。長達三年的貶官歷程中，幾度瀕臨死亡，卻能無幽憂憤歎之意。待王鞏自嶺南北歸中原後，蘇軾與王鞏及柔奴宴席聚會，本詞即以宴席間的對答為創作要點。

　　詞作上片，蘇軾以欣羨的口吻，道出王鞏被貶嶺南，幸有柔奴這樣的「點酥娘」陪伴，何況柔奴的「自作清歌傳皓齒」，婉轉清亮的歌聲，猶如在炎熱的南方颳起的一陣清風，讓人忘了酷熱的難耐。

　　詞作下片，有見於王鞏與柔奴「萬里歸來年愈少」，不但沒有被嶺南的蠻荒與困境打敗，心態甚至愈發年輕，還能面帶微笑，蘇軾遂

有「試問嶺南應不好？」的疑問，詞作以柔奴「此心安處是吾鄉」的回覆作結，展現王鞏與柔奴身處逆境時的豁達襟懷。

　　詞作表面上似乎聚焦在柔娘的歌喉、情態與宴席間的對談，但末句柔奴所說的「此心安處是吾鄉」，展現了不以得失掛心、坦然面對困境的曠達心態，與蘇軾貶黃州時所寫的〈定風波〉「也無風雨也無晴」，或是寫其由海南島渡海北歸途中所感的〈六月二十日夜渡海〉「雲散月明誰點綴，天容海色本澄清」，可謂旨趣相通，如出一手。可見蘇軾以此詞為記，箇中實有深意。

析評

　　〔南宋〕胡仔《苕溪漁隱叢話》後集卷 40 引《東皋雜錄》：王定國嶺外歸，出歌者勸東坡酒。坡作〈定風波〉，序云：「王定國歌兒曰柔奴，姓宇文氏。眉目娟麗，善應對。家世住京師。定國南遷歸，余問柔：『廣南風土應是不好』，柔對曰：『此心安處，便是吾鄉。』因為綴此詞云。」

　　〔南宋〕楊湜《古今詞話》：其句全引點酥（按：指柔奴）之語云云。點酥因是詞譽藉甚。

〈卜算子〉（黃州定惠院寓居作）

　　缺月掛疏桐[1]，漏斷[2]人初靜。時見幽人[3]獨往來，縹緲[4]孤鴻影。　　驚起卻回頭，有恨無人省[5]。揀盡寒枝不肯棲，寂寞沙洲冷。

注釋

1 疏桐：枝葉稀疏的梧桐樹。
2 漏斷：漏即漏壺，古代計時器具，分為播水壺與受水壺兩部分，播水壺有孔，可滴水入受水壺，藉由受水壺中水位上升的刻度計時。漏壺的水滴盡，說明夜已深。

3 幽人：隱居之人。

4 縹緲：隱忽而不明。

5 省：明瞭，知曉。

導讀

　　本詞原題注明「黃州定惠院寓居作」，可知是蘇軾於宋神宗元豐年間，因烏臺詩案被貶至黃州，寓居定惠院時所作。

　　詞作上片，由獨往來的幽人，帶出「孤鴻」的縹緲身影。詞作下片則專寫孤鴻驚飛的情態。末二句以孤鴻寧可遺世獨立，幽棲沙洲，猶如蘇軾寧可被貶，也不肯放棄志節，屈就世俗。詞作藉物詠懷，語語雙關，成為宋代詠物詞的名篇佳作。

　　歷來對本詞的討論，多集中在詞中的寓意說解。由清初王士禎引用南宋鮦陽居士的說解內容來看，可謂句句有深意，語語有寄託。但這種說解方式易招致穿鑿附會、斷章取義之譏，限縮詞作的解讀空間。若能結合蘇軾生平事跡，掌握詞中「語意高妙」、「無一點塵俗氣」的特質，對本詞的寓意，應能有更寬廣通達的領會與詮釋。

析評

　　〔北宋〕黃庭堅〈山谷題跋〉：語意高妙，似非喫煙火食人語。非胸中有數萬卷書，筆下無一點塵俗氣，孰能至此！

　　〔清〕王士禎《花草蒙拾》：孤鴻詞，山谷以為「非喫煙火食人」句，良然。鮦陽居士云：「缺月，刺明微也；漏斷，暗時也；幽人，不得志也；獨往來，無助也；驚鴻，賢人不安也。此與〈考槃〉（按：《詩經・衛風》，為隱士自得其樂的篇章）相似。」云云。村夫子強作解事，令人欲嘔。

　　〔清〕黃蘇《蓼園詞選》：此詞乃東坡字寫在黃州之寂寞耳。初從人說起，言如「孤鴻」之冷落，第二闋專就鴻說，語語雙關。格奇而語雋，斯為超詣神品。

　　〔清〕謝章鋌《賭棋山莊詞話》：鮦陽居士所釋字箋句解，果誰

語而誰知之？雖作者未必無此意，而作者亦未必定有此意，可神會而不可言傳。斷章取義，則是刻舟求劍，則大非矣。

〈西江月〉 <small>（黃州中秋）</small>

　　世事一場大夢，人生幾度秋涼？夜來風葉[1]已鳴廊[2]，看取[3]眉頭鬢上。　　酒賤[4]常愁客少，月明多被雲妨。中秋誰與共孤光，把盞淒然[5]北望。

注釋

1 風葉：風吹樹葉之聲。
2 鳴廊：在回廊上發出聲響。
3 取：助詞，無義。
4 賤：質量低劣。
5 淒然：淒涼悲傷的樣子。

導讀

　　由詞中所附題詞「黃州中秋」，可知本詞是蘇軾貶官黃州，於中秋佳節淒然把盞，懷念遠人所作。。

　　詞作首二句「世事一場大夢，人生幾度秋涼」，點出「人生如夢」的無常之感，既融和了外在環境「夜來風葉鳴廊」的淒清，也與末句「把盞淒然北望」的孤寂前後呼應，全詞瀰漫著負面消極的情緒，尤其是「月明多被雲妨」一句，更是語帶憤懣，迥異於〈水調歌頭〉以「但願人長久，千里共嬋娟」收結的遙祝情深。

　　本詞爭議的焦點，在於詞末的「北望」所指涉的對象。若依南宋胡仔《苕溪漁隱叢話》所言，蘇軾「北望」之人應是其弟蘇轍，詞中體現的是濃厚的「兄弟之情」；但若以清人沈雄《古今詞話》的「懷君之心」而論，蘇軾在黃州中秋所懷的對象自然是朝堂上的國君。然而，不論是兄弟或國君，應該都是蘇軾所掛心的對象，無須過度執著

與糾結。詞中更值得留意的,反倒是低迴不去的無常與無奈,展現了蘇軾「曠達超逸」襟懷之外的另一種真情實感。

析 評

〔南宋〕胡仔《苕溪漁隱叢話》:(此詞)兄弟之情見於句意之間矣。

〔清〕沈雄《古今詞話》:一日不負朝廷,其懷君之心,末句可見矣。

〈八聲甘州〉(寄參寥子)

有情風、萬里卷潮來,無情送潮歸。問錢塘江上,西興[1]浦口,幾度斜暉。不用思量今古,俯仰昔人非。誰似東坡老,白首忘機[2]?　記取西湖西畔,正春山好處,空翠煙霏。算詩人相得[3],如我與君稀。約他年、東還海道[4],願謝公[5]雅志莫相違。西州路,不應回首,為我沾衣[6]。

注 釋

1 西興:西陵,位於錢塘江之南。

2 忘機:不存心機,淡泊無爭。

3 相得:志趣契合。

4 約他年東還海道:指蘇軾與友人參寥子約定將來退隱,從通向大海的長江水道往東去,出自《晉書・謝安傳》:「安雖受朝寄,然東山之志,始末不渝。」

5 謝公:指謝安。

6 西州路,不應回首,為我沾衣:出自《晉書・謝安傳》記載謝安病歿,棺轝入西州門,其外甥羊曇遂行不由西州路,一日飲醉,不覺至州門,左右告之,羊曇慟哭而去。此處蘇軾反用典故,希望自己不會死於朝廷黨爭,讓參寥子不會如羊曇一般,落得為老友沾衣。

本詞寫於哲宗元祐六年（1091），蘇軾由杭州知州被召回朝廷擔任翰林學士承旨，於離杭赴京前，特作此詞贈予僧人道潛（字參寥）。

據史傳記載，參寥是一位「能文章，喜爲詩」的僧人，蘇軾任職杭州期間，兩人交遊甚密；蘇軾貶官黃州時，參寥特地奔赴千里相從於齊安（湖北麻城），日後蘇軾南貶儋州（今海南島）時，參寥也轉往海南相會，兩人深厚的生死交誼，可見一斑。

本詞起勢突兀，以錢塘江潮比喻人世聚散分合，由於蘇軾寫作本詞時已年過半百，早已勘破人世的有情無情、興衰是非，詞作上片的「東坡老」、「白首忘機」，誠非虛言。

詞作下片，由錢塘江潮的壯景轉爲空翠煙霏的西湖風光，蘇軾回憶起與參寥昔日在西湖西畔飲酒賦詩的情景，從而有「算詩人相得，如我與君稀」的慨嘆。由於蘇軾十分珍惜這份相知相得的情誼，詞末反用謝安「雅志相違」的典故，表明今日雖然被召回朝廷，他年必定東還，與參寥子重會於杭州，不忘昔日相偕歸隱之約。「西州路，不應回首，爲我沾衣」，再度反用羊曇因其舅謝安病歿慟哭的典故，希望自己能全身而退，不會讓參寥子因悼念亡友而落得如羊曇一般「回首沾衣」的處境。

本詞融合了寫景、抒情、議論於一身，誠如鄭文焯《手批東坡樂府》所謂：「妙在無一字豪宕，無一語險怪，又出以閒逸感喟之情」，從中既可見蘇軾超逸曠達的詞作風格，也體現其與參寥子生死不渝的深厚情誼，令人動容！

鄭文焯《手批東坡樂府》：突兀雪山，卷地而來，眞似錢塘江上看潮時，添得此老胸中數萬甲兵，是何氣象雄且傑！妙在無一字豪宕，無一語險怪，又出以閒逸感喟之情，所謂骨重神寒，不食人間煙

蘇軾

火氣者。詞境至此,觀止矣!

　　俞陛雲《唐五代兩宋詞選釋》:起筆破空而下,風潮來去,有情而實無情,千古之循環興廢,大抵如斯。惟有此高世之想,故下闋與參寥子相約,爾我之交誼,應效謝安在新城欲自海道還,以遂其雅志,勿效羊曇他日發馬策西州之感也。

秦　觀

生平

　　秦觀（1049–1100），字少游，一字太虛，號淮海居士，揚州高郵
（今江蘇省高郵市）人。蘇軾以賢良方正推薦秦觀於朝，與黃庭堅、張
耒、晁補之同遊於蘇軾之門，時稱蘇門四學士。著有詞集《淮海
集》，或稱《淮海居士長短句》。

　　秦觀早期詞作多有柔婉幽微的感受，後期則抒寫貶官流轉的感
傷。因屢遭流放，苦悶牢騷，不能自已，故其詞不僅以情韻見長，並
將身世之感融入艷情，詞風妍麗豐逸，體制淡雅，詞境幽怨淒迷，極
富感傷情調，王國維稱爲「千古之傷心人」。

〈浣溪沙〉

　　漠漠¹輕寒上小樓，曉陰²無賴³似窮秋⁴，淡煙流水畫屏
幽。　　自在飛花輕似夢，無邊絲雨細如愁。寶簾閒掛小銀
鉤⁵。

注釋

1 漠漠：寂靜無聲的樣子。
2 曉陰：不見陽光的早晨。
3 無賴：索然而無樂趣。
4 窮秋：晚秋。
5 銀鉤：精美的窗鉤。

導讀

　　本詞寫的是春日莫名的閒愁，卻因外在輕寒、曉陰的節候，反倒

令人有百無聊賴之感，猶如置身於窮秋的節候。

全詞六句，上、下片各三句。詞作上片首二句寫由室內遠眺樓外所見所見所感，由於「曉陰無賴似窮秋」，百般無聊之下，第三句遂轉回室內景物，視線凝結在畫屏上幽幽的淡煙流水。詞作下片，「自在飛花輕似夢，無邊絲雨細如愁」，又將書寫視角轉到室外的「自在飛花」與「無邊絲雨」，點出「春寒」的意象，結句又回轉到室內的「寶簾閒掛小銀鉤」，看似無關緊要的景物，卻是「喚醒全篇」的關鍵句，串連起「簾外之愁境及簾內之愁人」（參見「析評」之唐圭璋評論）。全詞可謂景中見情，內外相生。

本詞是秦觀早期詞作，詞中「輕」、「小」兩字重複使用，加上「淡、幽、飛、絲、細」等字面，都讓這首小詞呈現出輕靈幽婉的特質。

析 評

陳廷焯《詞則・大雅集》卷 2：宛轉幽怨，溫韋嫡派。

俞陛雲《唐五代兩宋詞選釋》：清婉而有餘韻，是其擅長處。此調凡五首，此首最勝。

唐圭璋《唐宋詞簡釋》：此首，景中見情，輕靈異常。上片起言登樓，次怨曉陰，末述幽境。下片兩對句，寫花輕雨細，境更微妙。「寶簾」一句，喚醒全篇。蓋有此一句，則簾外之愁境及簾內之愁人，皆分明矣。

〈畫堂春〉

落紅鋪徑水平池[1]，弄晴[2]小雨霏霏[3]。杏園憔悴[4]杜鵑啼，無奈春歸。　　柳外畫樓獨上，憑闌手撚[5]花枝。放花無語對斜暉[6]，此恨誰知？

注 釋

1 水平池：池塘水滿，水面與塘邊齊平。

2 弄晴：展現晴天。

3 霏霏：煙雨盛密的樣子。

4 憔悴：凋零枯萎。

5 撚：同「捻」，用手指夾取、搓取。

6 斜暉：傍晚西斜的陽光。

導讀

　　本詞寫於元豐五年（1082）春，是秦觀赴京應禮部試，落第罷歸而作。

　　秦觀自元豐元年（1079）首度應試失利，元豐五年再度落榜，詞中的「杏園憔悴」、「無奈春歸」，可視爲秦觀應試失利後的心情。但由於秦觀正值盛年（34歲），前途仍大有可期，詞中雖有「憔悴」、「無奈」、「無語」等字詞，卻並未如〈踏莎行〉（霧失樓臺）「砌成此恨無重數」的失意絕望，牢不可解。尤其是「憑闌手撚花枝，放花無語對斜暉」兩句，流露出秦觀愛花的深情與惜花的無奈（參見「析評」所附葉嘉瑩評語），最是令人悵然、動容。

析評

　　黃蘇《蓼園詞選》：按一篇主意，只是時已過而世少知己耳，說來自娟秀無匹。末二句尤爲切摯。花之香，比君子德之芳也，所以撚者以此，所以無語而對斜暉者以此。既無人知，惟自愛自解而已。語意含蓄，清氣遠出。

　　葉嘉瑩《靈谿詞說》：這首詞所寫的從「手撚花枝」到「放花無語」，卻是如此自然，如此無意，如此不自覺，更如此不自禁，而全出於內心中一種敏銳深微的感動。當其「撚」起花枝時，是何等愛花的深情，當其「放」下花枝時，又是何等惜花的無奈。在這種對花之多情深惜的情意之比較下，我們就可以見到一般人所常常吟詠的「花開堪折直須折」的情意，是何等庸俗而且魯莽滅裂了。

〈滿庭芳〉

山抹微雲，天黏衰草，畫角聲斷譙門[1]。暫停征棹[2]，聊[3]共引[4]離尊[5]。多少蓬萊舊事[6]，空回首、煙靄紛紛。斜陽外，寒鴉數點[7]，流水繞孤村。　銷魂，當此際，香囊暗解[8]，羅帶輕分[9]。謾贏得青樓薄倖名存[10]。此去何時見也，襟袖上、空惹啼痕。傷情處，高城望斷，燈火已黃昏。

注釋

1 畫角聲斷譙門：古人夜晚實施宵禁，城門於傍晚時分關閉，關閉前會先吹號角示警。畫角，指銅製的號角，因外加彩繪，故稱。譙門，為眺望遠處的城樓。

2 征棹：遠行的船。

3 聊：姑且、暫且。

4 引：舉。

5 離尊：餞別酒。

6 蓬萊舊事：指秦觀與歌妓的往日戀情。

7 寒鴉數點：「寒鴉」兩句，源自隋煬帝詩：「寒鴉千萬點，流水繞孤村」。故有版本另作「寒鴉萬點」。

8 香囊暗解：悄悄解下香囊，以作贈別。香囊，盛裝香料的袋子，古代男子常繫之於腰後。

9 羅帶輕分：古人用結帶象徵相愛不渝，此處反喻輕易離別。

10 謾贏得青樓薄倖名存：徒然贏得青樓中薄情的名聲，化用唐人杜牧〈遣懷〉：「十年一覺揚州夢，贏得青樓薄倖名。」謾，空、徒然。薄倖，薄情。

導讀

　　本詞的寫作時間，有主張是秦觀於元豐二年（1079）與江南某位

歌妓留別所作，另有主張是秦觀於紹聖元年（1094）貶離秘書省之際。若以詞中纏綿悽惋的離情推論，應與秦觀早期詞風較爲相近。

　　詞作上片交代了分別的時間（斜陽）、地點（譙門）、場景（山抹微雲，天黏衰草、寒鴉數點、流水孤村），以及分別時對「蓬萊舊事」的追憶。詞作下片，順勢引出分別時黯然銷魂的情感與後會無期的悲慨。末三句以「傷情處，高城望斷，燈火已黃昏」收束全篇，既是別後所見景色，也與上片所交代的分別時間——「畫角譙門」及「斜陽外」前後呼應。

　　本詞堪稱是秦觀最富盛名的詞作。蘇軾以其詞情與柳永相近，故而將秦、柳兩人合稱爲：「山抹微雲秦學士，露花倒影柳屯田」。詞中名句甚多，除了首句「山抹微雲」爲秦觀贏得「山抹微雲君」的稱號外，其他如「斜陽外，寒鴉數點，流水繞孤村」、「謾贏得靑樓薄倖名存」，分別化用隋煬帝與杜牧詩而成的佳句。詞末以「高城望斷，燈火已黃昏」的景色收束離別傷懷，也是詞中常見「以景結情」的手法，不僅語意含蓄，更有餘情裊裊之感。

評析

　　〔北宋〕葉夢得《避暑錄話》卷3：「寒鴉千萬點，流水繞孤村」，本隋煬帝詩也。而首言「山抹微雲，天粘衰草」，尤爲當時所傳。蘇子瞻於四學士中最善少游，故他文未嘗不極口稱善，豈特樂府？然尤以氣格爲病，故嘗戲曰：「山抹微雲秦學士，露花倒影柳屯田。」

　　〔南宋〕魏慶之《詩人玉屑》卷21引晁補之評：少游如寒景詞云：「斜陽外，寒鴉數點，流水繞孤村。」雖不識字人，亦知是天生好言語。

　　〔南宋〕曾慥《高齋詩話》：少游自會稽入都，見東坡。東坡曰：「不意別後，公卻學柳七作詞？」少游曰：「某雖無學，亦不知是。」東坡曰：「銷魂當此際，非柳七語乎？」

俞陛雲《唐五代兩宋詞選釋》：作者用拓宕之筆，追懷往事，局勢振起。且不涉兒女語而託之蓬島煙雲，尤見超逸。「斜陽外」三句傳神綿渺，向推雋永。

〈鵲橋仙〉

纖雲弄巧[1]，飛星[2]傳恨，銀漢迢迢[3]暗度。金風玉露[4]一相逢，便勝卻人間無數。　　柔情似水，佳期如夢，忍顧鵲橋歸路[5]。兩情若是久長時，又豈在朝朝暮暮[6]。

注釋

1 纖雲弄巧：纖柔的雲彩幻化出巧妙的花樣。
2 飛星：一說指流星，一說指牽牛、織女二星。
3 迢迢：遙遠貌。
4 金風玉露：秋風白露，喻指秋天。
5 忍顧鵲橋歸路：不忍回頭看那條從鵲橋回去的道路。據《風俗通義》記載：「織女七夕當渡河，使鵲為橋。」故謂之鵲橋。
6 朝朝暮暮：此指日夜相聚。

導讀

本詞以牛郎、織女於七夕「一年一會」的傳說為寫作背景。詞作上片，在「纖雲弄巧、飛星傳恨」的氛圍下，牛郎、織女在七夕時「銀漢迢迢暗度」，由銀河的兩端緩緩靠攏相會。詞作下片的「柔情似水，佳期如夢」，寫兩人歡會時的濃情密意，纏綿悱惻，也因而「忍顧鵲橋歸路」，讓有情人更捨不得分別。

詞作上、下片的前三句，分別聚焦於牛郎織女相會、相別的場景，並在場景的烘托下，順勢帶出「金風玉露一相逢，便勝卻人間無數」、「兩情若是久長時，又豈在朝朝暮暮」的議論，將寫景與說理合而為一，可謂立意高妙，深刻動人。

歷來歌詠「七夕」主題的作品，莫不以牛郎織女聚少離多爲恨，秦觀卻能別出心裁，提出另類觀點，讓本詞能「醒人心目」而成爲傳唱久遠的七夕名篇。相形之下，清人黃蘇《蓼園詞選》，將詞中的男女相思遠隔比擬爲「君臣際會之難」，不僅未能「令人意遠」，反倒有牽強比附之嫌。

析 評

　　〔明〕李攀龍《草堂詩餘集》：相逢勝人間，會心之語。兩情不在朝暮，破格之談。七夕歌以雙星會少別多爲恨，獨少游此詞謂「兩情若是久長」二句，最能醒人心目。

　　〔清〕黃蘇《蓼園詞選》：七夕歌以雙星會少別多爲恨，少游此詞謂兩情若是久長，不在朝朝暮暮，所謂化臭腐爲神奇。凡詠古題，須獨出心裁，此固一定之論。少游以坐黨被謫，思君臣際會之難，因托雙星以寫意，而慕君之念，婉惻纏綿，令人意遠矣。

〈踏莎行〉（郴州旅舍）

　　霧失樓臺[1]，月迷津渡[2]。桃源[3]望斷無尋處。可堪[4]孤館閉春寒，杜鵑聲裡斜陽暮。驛寄梅花[5]，魚傳尺素[6]，砌成此恨無重數。郴江[7]幸自[8]繞郴山，爲誰流下瀟湘去？

注 釋

1 樓臺：可眺望遠方的城樓。
2 津渡：渡口。
3 桃源：即桃花源，位於今湖南省武陵縣，在郴州西北，此借指心中嚮往之地。典故出自晉人陶潛〈桃花源記〉：「晉太元中，武陵人捕魚爲業。緣溪行，望路之遠近，忽逢桃花林。」
4 可堪：哪堪，受不住。
5 驛寄梅花：指收到遠方友人寄來的問候。典故出自《荊州記》，記

載三國東吳的陸凱曾於江南寄梅花給長安的范曄，並贈詩曰：「折梅逢驛使，寄與隴頭人；江南無所有，聊贈一枝春。」

6 魚傳尺素：指書信傳遞，古代舟車勞頓，人們常將信件置於魚形木匣攜帶，美觀又便於保存。化用東漢蔡邕〈飲馬長城窟行〉：「客從遠方來，遺我雙鯉魚。呼兒烹鯉魚，中有尺素書。」

7 郴江：江水名，源出郴州（今湖南省東南部）的黃岑山，流經郴州而入湘江。

8 幸自：本自。

導讀

　　本詞作於紹聖四年（1097）二月，秦觀因黨爭被貶至湖南郴州，後再貶至廣西橫州，由標題「郴州旅舍」可推知應是當年三月間，離開郴州後南行至橫州時所作。

　　由於接連被貶，本詞明顯透露出秦觀內在淒苦失望的心情。詞中上片的「霧失」、「月迷」、「望斷」，可見秦觀已失去人生方向；下片的「砌成此恨無重數」，也可見其愁恨之深與牢不可解。詞末二句「郴江幸自繞郴山，爲誰流下瀟湘去」，語意沈痛出奇，既是秦觀對於郴江能離開郴州、流下瀟湘而心生欣羨，亦可解讀爲秦觀遠離家鄉、流離異地的苦痛。

　　飽受貶謫之苦的蘇軾，與秦觀可謂同病相憐，是以十分賞愛詞末二句；但王國維改由情景交融的角度，偏愛「可堪孤館閉春寒，杜鵑聲裡斜陽暮」二句。兩說本屬見仁見智，各有所好，惟王國維以「皮相」批評蘇軾所賞愛的詞句，卻不免有「己是人非」，氣度過狹之嫌。

析評

　　〔清〕王士禛《花草蒙拾》：「郴江幸自繞郴山，爲誰流下瀟湘去。」千古絕唱。秦歿後，坡公嘗書此於扇云：「少游已矣，雖萬人何贖！」高山流水之悲，千載而下，令人腹痛。

〔清〕黃蘇《蓼園詞選》：少游坐黨籍，安置郴州。首一闋是寫在郴，望想玉堂天上，如桃源不可尋，而自己意緒無聊也。次闋言書難達意，自己同郴水之自繞郴山，不能下瀟湘以向北流也。語意淒切，亦自蘊藉，玩味不盡。「霧失」、「月迷」，總是被讒寫照。

王國維《人間詞話》：少游詞境最為淒婉。至「可堪孤館避春寒，杜鵑聲裡斜陽暮」，則變而為淒厲矣。東坡賞其後二語，猶為皮相。

唐圭璋《唐宋詞簡釋》：此首寫羈旅，哀怨欲絕。起寫旅途景色，已有歸路茫茫之感。末引「郴江」、「郴山」，以喻人之分別，無理已極，沉痛已極，宜東坡愛之不忍釋也。

〈好事近〉（夢中作）

春路雨添花，花動一山春色。行到小溪深處，有黃鸝千百。　　飛雲當面化龍蛇[1]，天矯[2]轉空碧。醉臥古藤陰下，了不知[3]南北。

注釋

1 龍蛇：似龍若蛇，此喻雲彩變化多端，移動快速。
2 天矯：飛騰貌。
3 了不知：全然不知。了，完全。

導讀

本詞雖非秦觀的絕命詞，但由於秦觀最終卒於藤州（今廣西壯族自治區藤縣），詞末二句又以「醉臥古藤陰下，了不知南北」作結，使得本詞染上「詞讖」的色彩，彷彿預告了秦觀生命的終點。

然而，若剔除「詞讖」的玄怪色彩，本詞題為「夢中作」，記載夢中雨後出遊所見畫面：既有雨花山色，小溪黃鸝，又有碧空飛雲，天矯幻化，讓人目不暇給，如夢似真，與〈踏莎行〉（霧失樓臺）的

淒苦沈重，牢不可解，是兩種不同的情境與感受。

　　秦觀另有一首題為「桃源」的〈點絳唇〉，詞中所寫的景色妍麗鮮明，讓人猶如置身桃源仙境，與本詞同樣有輕靈韶秀的特色，附錄於後，提供讀者參考。

【附錄】

〈點絳唇〉（桃源）

　　醉漾輕舟，信流引到花深處。塵緣相誤，無計花間住。煙水茫茫，千里斜陽暮。山無數，亂紅如雨，不記來時路。

析 評

　　〔南宋〕胡仔《苕溪漁隱叢話・前集》卷 50 引《冷齋夜話》云：秦少游在處州，夢中作長短句曰：「山路雨添花……（詞略）」。後南遷，久之北歸，逗留於藤州，遂終於瘴江之上光華亭。時方醉起，以玉盂汲泉欲飲，笑視之而化。

　　〔清〕周濟《宋四家詞選》：隱括一生，結語遂作藤州之讖。造語奇警，不似少游尋常手筆。

北宋其他

黃庭堅

生平

黃庭堅（1045-1105），字魯直，號山谷道人，晚號涪翁，洪州分寧（今江西省九江市）人。宋英宗朝進士，曾任國子監教授，遭新黨指控所修的《神宗實錄》有誣陷之嫌，被貶涪州別駕、黔州安置。早年以詩文爲蘇軾所賞，名聲始振，與秦觀、晁補之、張耒並稱「蘇門四學士」。

黃庭堅工詩詞，詩法嚴謹，說理細密，並以江西詩法之「奪胎換骨」、「點鐵成金」入詞，上承蘇軾，下啓姜夔，與秦觀齊名，爲當時詞壇代表。詞作品類龐雜，有豪壯、解脫，及艷情之作，詞風或豪放高曠似蘇軾，或情致旖旎似柳永，著有詞集《山谷詞》。

〈清平樂〉（晚春）

春歸何處？寂寞無行路[1]。若有人知春去處，喚取[2]歸來同住。　　春無蹤跡誰知？除非問取黃鸝。百囀[3]無人能解，因風[4]飛過薔薇。

注釋

1 寂寞無行路：找不到春天回去的蹤跡，到處一片寂靜、冷清。
2 喚取：喚來。取，置於動詞後方的語助詞，表示動作的進行。
3 百囀：形容黃鸝鳥婉轉的鳴叫聲。

4 因風：隨風。因，憑藉、依據。

導讀

本詞題爲「晚春」，是一首因見「春歸」而引發出「惜春」、「傷春」之情。

詞作上片，以擬人手法，將春天化身爲具體身影，由「春歸何處」的問句領起。在春天離開後，四處一片冷清、寂靜，以下兩句，遂希望能有「知春」人將春日喚回。

詞作下片，以「春無蹤跡」作爲遍尋春跡的答案。即使如此，作者還是寄一線希望於春夏之際活躍的黃鸝鳥。末兩句以無人能解鳥語，徒見黃鸝「因風飛過薔薇」，委婉表達無力回春的傷感，讀後餘韻裊裊，情意無限，近代詞學家薛礪若故而譽之爲「山谷詞中最上上之作」。

本詞以「春歸」領起，在歷經知春、喚春、尋春之後，終究春歸，讓人黯然神傷，悵惘不已。詞中的「若有人知春去處，喚取歸來同住」，爲歷代詞評家所評賞的佳句，並常以之與北宋王觀〈卜算子〉的「若到江南趕上春，千萬和春住」相提並論，兩首詞都是將「春日」擬人化，表達「與春同住」的美好祝願。

值得注意的是，清人李佳《左庵詞話》認爲本詞有「寓意」，其雖未明白解釋寓意內容，但由於黃庭堅於宋徽宗崇寧二年（1103）因黨禍而被貶宜州（今廣西省宜山縣），加以本詞寫於崇寧四年（1105）暮春，同年九月黃庭堅即卒於宜州貶所。由此可見，詞題的「晚春」，不僅是黃庭堅客觀記錄寫作的時節，也寓有對朝廷政局或人生芳意無力挽回的失落之情。

析評

〔南宋〕胡仔《苕溪漁隱叢話》卷 39 引《復齋漫錄》：山谷詞云：「春歸何處？寂寞無行路。若有人知春去處，喚取歸來同

住。」王逐客（按：王觀）云：「若到江南趕上春，千萬和春住」體山谷語也。

〔明〕沈際飛《草堂詩餘四集‧別集》卷1：「趕上和春住」、「喚取歸同住」，千古一對情痴，可思而不可解。

〔清〕李佳《左庵詞話》卷下：黃山谷〈清平樂〉詞（省略詞作內容），亦寓言也。

薛礪若《宋詞通論》：山谷詞尤以〈清平樂〉爲最新。……結句不獨妙語如環，而意境尤覺清逸，不著色相。爲山谷詞中最上上之作，即在兩宋一切作家中，亦找不著此等雋美的作品。

王　觀

生平

王觀，生卒年不詳，字通叟，泰州如皋（今江蘇省如皋市）人。宋仁宗嘉祐二年（1057）進士，曾任大理寺丞、江都知縣，累官翰林學士，因賦應制詞忤逆宣仁太后而被貶，遂自號逐客。

王觀詞風鮮明佻麗，構思新穎；然而內容單薄，境界狹小，詞格不高。詞集名爲《冠柳集》，或以爲有高出柳永之意，今已亡佚。《全宋詞》存有詞作十六闋。

〈卜算子〉（送鮑浩然之[1]浙東）

水是眼波[2]橫，山是眉峰[3]聚。欲問行人去那邊？眉眼盈盈處[4]。　　才始[5]送春歸，又送君歸去。若到江南趕上春，千萬和春住[6]。

注釋

1 之：前往。

2 眼波：形容目光流盼有如水波。

3 眉峰：指雙眉緊密聚集有如山峰，形容非常憂愁。

4 眉眼盈盈處：借指山水秀麗的地方。盈盈：端麗美好的樣子。

5 才始：方才。

6 和春住：將春天的景色保留下來。

導讀

由題詞「送鮑浩然之浙東」，可知是北宋詞人王觀在春日送友人鮑浩然歸浙東的送別詞，結合了「送春」與「送人」這兩種情緒。

詞作上片，巧妙的使用隱喻手法，以「是」為繫詞，將眼前所見的「水」景說成是人的「眼」，將「山」說成是人的「眉」，有別於常見以「物」喻「物」（月如鉤）或以物喻人（人如花）的窠臼。且「欲問行人去那邊？眉眼盈盈處」，原意不過是表達行人將前往眼前山水的另一邊，卻以「眉眼盈盈處」帶出，可謂語帶雙關，出語新奇。

詞作下片，抒發了作者在春歸時節送人的不捨之情。但在傷春與傷別之際，作者卻能不耽溺於離情愁緒之中，反倒期許友人在歸途能趕上江南春光，且能「和春住」，永保春暖花開的好心情。字字句句，蘊藏對離人無限的祝福與情意。

南宋徐曾將本詞與韓駒的送別詩相較（詳見「析評」），認為「詩、詞意同」，但兩首詩、詞的語意雖然相近，其實巧妙工拙明顯有別，是不可同日而語的。

析評

〔南宋〕徐曾《能改齋漫錄》卷 16：韓子蒼（駒）在海陵送葛亞卿詩斷章云：「今日一杯愁送君，明日一杯愁送君。君應萬里隨春去，若到桃源問歸路。」詩、詞意同。

賀　鑄

生平

　　賀鑄（1052–1125），字方回，自號北宗狂客，晚號慶湖遺老，祖籍會稽山陰（今浙江省紹興市），長於衛州共城（今河南省輝縣），爲宋太祖孝惠皇后的族孫。原仕右班殿直、監軍器庫門等武職，後來受李清臣、蘇軾推薦，改任文官承直郎，晚年退居吳下（今江蘇省蘇州市）。爲人豪爽精悍，不附權貴，喜論當世事；儀觀甚偉，面色鐵青，有「賀鬼頭」之稱。

　　賀鑄文采絢麗多發，又善度曲，能融合李商隱、溫庭筠之句入詞；詞風剛柔並濟，以健筆敘寫柔情；作詞題材不拘，忠憤氣節、詠物悼亡，均有佳作。自編詞集《東山詞》，今存二百餘闋。

〈青玉案〉（橫塘路）

　　凌波[1]不過橫塘[2]路，但目送、芳塵去。錦瑟華年[3]誰與度？月橋花院[4]，瑣窗[5]朱戶，只有春知處。　　碧雲冉冉[6]蘅皋[7]暮，彩筆[8]新題斷腸句，試問閒愁都幾許？一川煙草，滿城風絮，梅子黃時雨。

注釋

1 凌波：形容美人輕盈的步履，出自三國曹植〈洛神賦〉曰：「凌波微步，羅襪生塵。」

2 橫塘：地名，位於江蘇省蘇州市城外，風景特勝，賀鑄退居江南時，曾卜築於此。

3 錦瑟華年：指青春年華，出自唐代李商隱〈無題〉詩曰：「錦瑟無

　　　　端五十絃，一絃一柱思華年。」

4 月橋花院：彎月形的拱橋，花木環繞的庭院。

5 瑣窗：雕繪環形連瑣花紋的窗戶。

6 冉冉：此指雲彩緩慢流動的樣子。

7 蘅皋：長滿杜蘅草的水邊高地。蘅，杜蘅草，一種香草，葉呈心形，葉面有白斑，開暗紫色小花，可為中藥材。

8 彩筆：五色筆，比喻寫作的才華，典故出自《南史・江淹傳》記載，江淹早年以文章揚名，晚期則才思減退，相傳曾夢見仙人索回暫託之物，江淹乃探懷得一五彩筆授之；爾後為詩絕無佳句，時人謂之才盡。

導讀

　　本詞題為「橫塘路」，旨在抒發與一女子偶遇、相別，以及別後的種種思慕與閒愁。詞末連用三個譬喻來形容「閒愁」，形象具體生動，可說是賀鑄詞集最富盛名之作，也為他贏得「賀梅子」的雅號。

　　詞作上片，首三句寫心中思慕的美人在橫塘路前輕盈走過，但賀鑄卻只能目送心隨，不敢積極追求。「錦瑟華年誰與度」以下四句，是賀鑄在目送美人離去後，想像她在「月臺花榭、瑣窗朱戶」的華屋，孤獨自守，年復一復的虛度青春。詞中的「錦瑟華年」一詞，讓人聯想到李商隱〈錦瑟〉詩中的追憶逝水年華之感，從而賀鑄所目送遙望、悵惘迷離的「美人」，就不僅是偶然邂逅的佳人，也是無法挽回的青春年華，或是未能實現的美好理想。

　　詞作下片，或有主張是承續上片詞意，極寫美人「幽居腸斷，不盡窮愁」（見「析評」所附黃蘇之言），但也不妨解讀為賀鑄目送美人「芳塵去」後所題的「斷腸句」，以及因思慕而引發的無盡「閒愁」。詞末以三個「數不盡」的具體物象：一川煙草、滿城風絮、梅子黃時雨，來譬喻抽象的無盡閒愁。由於取譬生動，虛實融合，故而成為傳誦久遠的佳句。

取譬生動之外，本詞的另一項藝術特色，在於融鑄曹植、江淹、李商隱、寇準等人的詩句或典故（見「析評」所附彭玉平之言），自然渾成，如出己手。在今人王兆鵬等人合編的《宋詞排行榜》中，本詞名列第十七，足見其具有巨大的影響和恆久的藝術魅力。

析評

　　〔南宋〕周紫芝《竹坡詩話》：賀方回嘗作〈青玉案〉，有「梅子黃時雨」之句，人皆服其工，士大夫謂之「賀梅子」。

　　〔南宋〕羅大經《鶴林玉露》：詩家有以山喻愁者，杜少陵云：「憂端如山來，澒洞不可掇。」趙嘏云：「夕陽樓上山重疊，未抵閒愁一倍多」是也。有以水喻愁者，李頎云：「請量東海水，看取淺深愁。」李後主云：「問君能有幾多愁，恰似一江春水向東流。」秦少游云：「落紅萬點愁如海」是也。賀方回云：「試問閒愁都幾許？一川煙草，滿城風絮，梅子黃時雨」，蓋以三者比愁之多也，尤爲新奇，兼興中有比，意味更長。

　　〔清〕黃蘇《蓼園詞選》：（本詞）言斯所居橫塘斷無宓妃到，然波光清幽，亦常目送芳塵，第孤寂自守，無與爲歡，惟有春風相慰藉而已。後段言幽居腸斷，不盡窮愁，惟見煙草風絮，梅雨如霧，共此且晚。無非寫其境之鬱勃岑寂耳。

　　彭玉平《唐宋詞舉要》：此詞化用曹植〈洛神賦〉、《南史·江淹傳》、李商隱〈錦瑟〉詩以及寇準「梅子黃時雨如霧」之句等典、成語，而脫略衆似，驅役自如，足見名篇之爲名篇，非一般草草所能湊泊也。

周邦彥

生平

　　周邦彥（1056-1121），字美成，自號清眞居士，錢塘（今浙江省杭州市）人，著有詞集《片玉詞》。宋徽宗朝提舉大晟府，精通音律，能自度曲，對於審訂詞調有極大的貢獻，南宋詞人多以其法度爲準繩。

　　周邦彥填詞喜用長調，長於鋪敘，思想情感則較貧乏，大多即景抒情，抒寫男女情愛或羈旅離別之苦，與柳永有「周情柳思」之稱。然而柳永詞俚俗浪漫，周邦彥則唯美典雅。周詞的篇章結構完整而靈活自如，是在精工的音律與字句之外，深得後世詞話家所推崇的另一特色。

〈蘇幕遮〉

　　燎¹沈香，消溽暑²。鳥雀呼晴³，侵曉⁴窺簷語。葉上初陽乾宿雨⁵，水面清圓，一一風荷舉⁶。　　故鄉遙，何日去？家住吳門⁷，久作長安⁸旅。五月漁郎相憶否？小楫⁹輕舟，夢入芙蓉浦¹⁰。

注釋

1 燎：焚燒。
2 溽暑：夏天潮溼悶熱的暑氣。
3 鳥雀呼晴：鳥雀叫呼著晴天。禽鳥對於天氣變化的感受敏銳，可藉其鳴叫聲來預知晴雨。
4 侵曉：天將亮時。侵，逼近。

5 宿雨：前夜的雨。

6 水面清圓，一一風荷舉：描寫水面上的荷花清潤圓正，荷葉迎著
　風，一一挺出水中。

7 吳門：春秋吳國的故地，位於今江蘇省蘇州市；因周邦彥為杭州
　人，此泛指江南吳越一帶。

8 長安：此借指北宋都城汴京，位於今河南省開封市。

9 楫：行船划水用的槳。

10 芙蓉浦：有荷花的水邊。芙蓉，荷花的別稱。浦，水灣，河流。

導讀

　　周邦彥原籍南方錢塘一帶，於宋神宗年間客居汴京（河南省開封
市），由太學生到任職太學正，本詞寫的便是他「家住吳門，久作長
安旅」的思鄉之情。

　　詞作上片寫即景所見的初夏溽暑風光：屋簷下有鳥雀呼晴，水面
上有風荷挺舉。下片再由眼前的荷葉想到遠方故鄉的荷花，詞作也在
五月漁郎、小楫輕舟的悠揚情調裡緩緩結束，讓人彷彿掉進了一個荷
花滿開的夢境之中。

　　周邦彥的詞作向來以長調慢詞為名，題材多為詠物，並以富艷精
工的風格著稱。本詞上片所描寫的鳥雀與風荷，可謂極盡體物瀏亮之
能事，尤其是「水面清圓，一一風荷舉」兩句，深得王國維《人間詞
話》的賞愛，以為「真能得荷花之神理」。

　　值得一提的是，本詞並未刻意使用典故，而是以淡雅清新的詞
句，營造出悠揚恬淡的情致，迥異於周邦彥後期詞作，好以長調慢詞
且多用典故的樣貌。換言之，周邦彥前期的詞作猶如淡妝的少女，後
期則恍如嚴妝的歌姬，詞作的前後期風格是有所不同的。

析評

　　王國維《人間詞話》：美成〈青玉案〉（按：當作〈蘇幕遮〉）
詞：「葉上初陽乾宿雨。水面清圓，一一風荷舉。」此真能得荷花之

神理者，覺白石〈念奴嬌〉、〈惜紅衣〉二詞，猶有隔霧看花之恨。

胡雲翼《宋詞選》：周邦彥的詞向以「富艷精工」著稱。這首詞前段描繪雨後風荷的神態，後段寫小楫輕舟的歸夢。清新淡雅，別具一格。

〈滿庭芳〉（夏日溧水[1]無想山作）

風老鶯雛，雨肥梅子，午陰嘉樹清圓[2]。地卑山近，衣潤費爐煙[3]。人靜烏鳶[4]自樂，小橋外，新綠濺濺[5]。憑闌久，黃蘆苦竹，擬泛九江船[6]。　　年年如社燕[7]，飄流瀚海[8]，來寄修椽[9]。且莫思身外，長近尊前[10]。憔悴江南倦客，不堪聽、急管繁絃[11]。歌筵畔，先安簟枕[12]，容我醉時眠。

注釋

1 溧水：縣名，今屬於江蘇省南京市。

2 嘉樹清圓：陽光下的樹影清晰又圓正。嘉樹，樹的美稱。

3 衣潤費爐煙：黃梅季節潮濕，衣服常需爐香烘乾薰陶，以除濕氣。

4 烏鳶：此指烏鴉。

5 新綠濺濺：剛漲升的河水湍流激濺。綠，此指水流清澈澄淨。濺濺，形容流水的聲音。

6 黃蘆苦竹，擬泛九江船：遍地是枯黃的蘆葦，清瘦的竹子，彷彿自己即是遭貶謫的白居易，泛舟於九江邊。出自白居易謫於九江，作〈琵琶行〉曰：「住近湓江地低濕，黃蘆苦竹繞宅生。」

7 社燕：相傳燕子於春社日從南方飛來，再於秋社日飛回。社，農家祭祀土地神之日，約在春分、秋分之際。

8 瀚海：古人用以稱呼西北大沙漠，此指荒遠地區。

9 修椽：架在屋樑上，托住瓦片的長木條，常為燕子築巢之處，此代指長長的房舍、宿舍。

10 且莫思身外，長近尊前：姑且不去想身外的功名，只暢飲眼前的美
　　酒，化用唐代杜甫〈漫興〉：「莫思身外無窮事，且盡生前有限
　　杯。」表達無力改變鬱悶的環境，只能藉酒自我麻痺，尋求短暫的
　　逃脫。

11 憔悴江南倦客，不堪聽、急管繁絃：身心憔悴疲倦的客居江南者，
　　無法承受那激越繁複的樂曲，此處化用唐代司空李紳邀劉禹錫於家
　　中宴飲，並命歌妓勸酒，劉禹錫乃作〈贈李司空妓〉詩：「高髻雲
　　鬟新樣妝，春風一曲杜韋娘，司空見慣渾閒事，斷盡蘇州刺史
　　腸。」述說李司空見慣的華麗歌舞，卻引得長年滯留異鄉的自己
　　愁緒滿懷，不忍卒聽。

12 簟枕：竹蓆與枕頭。

導讀

　　宋哲宗元祐八年（1093），周邦彥由京師外放至溧水（今江蘇省南
京市）擔任知縣，直到紹聖三年（1096）才離開。詞中「年年如社
燕，飄流瀚海，來寄修椽」，便是這段官低位卑、東西飄蕩的任職寫
照。

　　詞作上片，由江南初夏景色寫起。詞中的「風老鶯雛，雨肥梅
子，午陰嘉樹清圓」，原是一幅安靜優美的初夏景色，但透過地卑、
山近、衣潤等字眼，可以想像住處的潮溼不適，而黃蘆苦竹叢生的環
境，也有苦悶難耐之感，遂擬泛船散心，將內在的羈旅窮愁之感，融
入了外在的景色描繪之中。

　　詞作下片帶出了周邦彥的仕宦飄泊。先自比為寄身修椽的社燕，
並連續化用杜甫、劉禹錫詩作的典故，抒發憔悴流離、藉酒澆愁的哀
思。

　　本詞由初夏景物婉轉帶出仕宦飄零之悲，末三句更以「歌筵畔，
先安簟枕，容我醉時眠」收束全篇，雖有意冷心灰之感，但語氣並未
斬絕激烈，前人評論也多著眼於此（參見以下「析評」陳廷焯與胡雲翼評

論）。此外，俞平伯《清眞詞釋》以「萃衆美於一篇，會聲詞而兩得」來稱譽本詞，讀者不妨藉此深入體會周邦彥詞「富艷精工」的特質。

析評

〔清〕陳廷焯《白雨齋詞話》：美成詞有前後若不相蒙者，正是頓挫之妙。如〈滿庭芳〉上半闋云：「人靜烏鳶自樂……」，正擬縱樂矣，下忽接云：「年年……醉時眠。」是烏鳶雖樂，社燕自苦，九江之船，卒未嘗泛。此中有多少說不出處。或是依人之苦，或有患失之心，但說得雖哀怨，卻不激烈，沉鬱頓挫中別饒蘊藉。後人爲詞，好作盡頭語，令人一覽無餘，有何趣味？

俞平伯《清眞詞釋》：詞爲清眞中年之作，氣恬韻穆，色雅音和，萃衆美於一篇，會聲詞而兩得，在本集固無第二首，求之兩宋亦罕見其儔。

胡雲翼《宋詞選》：尋根究柢，他之所以寫得不激烈，主要還不是由於創作方法，而是由於思想極度消沈所致。

唐圭璋《唐宋詞簡釋》：此首在溧水作。上片寫江南初夏景色，極細密；下片抒飄流之哀，極宛轉。

〈少年遊〉

并刀[1]如水，吳鹽[2]勝雪，纖手破新橙。錦幄[3]初溫，獸香[4]不斷，相對坐調笙。　　低聲問：向誰行宿[5]？城上已三更。馬滑霜濃，不如休去，直是[6]少人行。

注釋

1 并刀：并州快剪刀，所產之刀以鋒利聞名。并，并州，位於山西省太原市。

2 吳鹽：吳地所產之鹽，以精細潔白著稱。

3 錦幄：錦繡的帷帳。

4 獸香：古代的香爐多作獸形，焚香爐中，煙自獸口逸出。

5 向誰行宿：今夜到哪裡住宿？

6 直是：只是。

導讀

南宋張端義《貴耳集》記載：「道君（徽宗）幸李師師家，偶周邦彥先在焉，知道君至，遂匿床下。道君自攜新橙一顆，云江南初進來，遂與師師謔語，邦彥悉聞之，隱括成〈少年遊〉云。」由於記載的內容與本詞情境相近，後人遂常據以解讀本詞（如「析評」所附賀裳《皺水軒詞筌》）的相關詞句。

以上旖旎軼事，王國維在《清眞先生遺事》中極力反駁，認爲周邦彥在宋徽宗宣政（宣和、政和，皆徽宗年號）年間，年已六旬，官至列卿，應無冶遊之事。吳世昌《詞林新話》也認爲「此詞本只寫情人晚會，與政治無關。」指責張端義《貴耳集》編造本事，「全是胡言」。儘管以上說法各有所據，但若撇開「詞作是否爲周邦彥與李師師、宋徽宗三人情感糾葛」爭議，詞中所寫的旖旎情致，還是很值得稱道的。

詞作上片由男子的角度敘寫，女子的溫柔待客與室內的溫暖氣氛，構成了「暖玉生香」的畫面。詞作下片改由女子的口吻傳情，先是「低聲問『向誰行宿』」，似乎有送客之意，但基於夜已「三更」且「馬滑霜濃」，少有人行，遂建議男子「不如休去」，以免發生「夜黑霜濃，馬滑傷人」的意外。詞作在女子的婉轉留客聲中作結，既收束巧妙，也留下許多想像空間。

本詞在鋪陳男女情事時，因能「煞得住」，未涉及「牽裾」留客的醜態，是以有「本色至此便足」的好評，就此而言，周邦彥的確稱得上是詞壇的「言情高手」。

析評

〔清〕賀裳《皺水軒詞筌》：周清真避道君，匿師師榻下，作〈少年遊〉以詠其事。吾極喜其「錦幄初溫，獸煙不斷，相對坐調笙」，情事如見。至「低聲問向誰行宿，城上已三更。馬滑霜濃，不如休去」等語，幾於魂搖目蕩矣。

〔清〕王又華《古今詞論》：周美成詞家神品。如〈少年遊〉：「馬滑霜濃，不如休去，直是少人行。」何等境味！若柳七郎，此處如何煞得住。

〔清〕沈謙《填詞雜說》：「馬滑霜濃，不如休去，直是少人行。」言馬，言他人，而纏綿偎倚之情自見。若稍涉牽裾，鄙矣。

〔清〕周濟《宋四家詞選》：此亦本色也。本色至此便足，再過一分，便入山谷惡道矣。

〈蘭陵王〉（柳）

柳陰直，煙裡絲絲弄碧。隋堤[1]上、曾見幾番，拂水飄綿送行色。登臨望故國[2]，誰識京華倦客[3]？長亭路，年去歲來，應折柔條過千尺。　　閒尋舊蹤跡。又酒趁哀弦，燈照離席。梨花榆火[4]催寒食。愁一箭風快[5]，半篙波暖[6]，回頭迢遞[7]便數驛。望人在天北。　　悽惻，恨堆積。漸別浦縈迴[8]，津堠岑寂[9]。斜陽冉冉春無極[10]。念月榭攜手，露橋聞笛。沈思前事，似夢裡，淚暗滴。

注釋

1 隋堤：隋煬帝曾開通渠道，並沿河築堤種柳，故稱之。此指汴京附近的汴河之堤。

2 故國：此指故鄉。

3 京華倦客：周邦彥自稱，因長久客居京師，有厭倦之感。京華，京
　城的美稱。

4 梨花榆火：餞別時正值梨花盛開的寒食節。古人於清明前二日的寒
　食節禁火，節後由朝廷取榆柳之火賜朝中百官。

5 一箭風快：形容正值順風，船駛離的速度極快。

6 半篙波暖：船夫的竹篙半沒入溫暖的水波中。

7 迢遞：遙遠貌。

8 別浦縈迴：江邊上的水波曲折迴繞。浦，河岸，水邊。縈迴，盤旋
　往復。

9 津堠岑寂：冷清寂靜的碼頭。津堠，碼頭上的瞭望臺。岑寂，寂
　靜。

10 斜陽冉冉春無極：在一望無邊的春色中，夕陽緩緩地移動著。冉
　冉，緩慢移動貌。春無極，春色無邊。

導讀

　　據張端義《貴耳集》記載，周邦彥因〈少年遊〉透露了徽宗與李
師師的情事，遂以「職事廢弛」被貶離京城。隔一兩日後，徽宗復幸
李師師家，卻不見李師師，坐久至初更，始見李師師返回，且「愁眉
淚睫，憔悴可掬」，原來是送別周邦彥所致，徽宗以「周邦彥臨別之
際是否有詞作」詢問李師師，師師遂歌本詞，曲終，徽宗大喜，復召
周邦彥為大晟府（北宋掌管樂律的官署）樂正。

　　以上說法，王國維《清真先生遺事》再度力陳其非，但由於傳說
內容頗具戲劇色彩，即使未必真有此事，誠如清人賀裳《皺水軒詞
筌》所言：「題作詠柳，不書其事，則意趣索然，不見其妙矣。」可
見本詞若只是單純的詠柳，反而喪失妙趣，是以後人常結合《貴耳
集》所記載的軼事來詮釋、解讀。

　　詞作以敘「離情」為要旨，詞中多見雙數句式（如「曾見幾番」、
「京華倦客」、「年去歲來」、「酒趁哀絃」、「燈照離席」等），以致節

奏緩和，加以韻腳爲短促的入聲字（直、碧、色、國、識、客、尺、跡、席、食、驛、北、積、寂、極、笛、滴），恰如其分的展現了離別時哽咽淒清的聲情。

本詞最爲人稱道的，更在於長調慢詞的章法安排。詞中雖然旨在抒發「京華倦客」的抑鬱心情，但在上片「長亭路，年去歲來，應折柔條過千尺」的鋪陳之後，周邦彥並未直書憤懣，而是宕開一筆，以「閒尋舊蹤跡」帶出眼前離別時的情景，尤其是「一箭風快，半篙波暖，回頭迢遞便數驛」，彷彿載走離人的船篙才剛入水，水波尙暖，船隻已如風中離弦的飛箭，急駛過好幾個驛站，讓人不禁讚嘆作者的奇思妙想。第三片以離別後的「別浦縈迴，津堠岑寂」，表達行人離開後的寂寥冷淸，並以「沈思前事，似夢裡，淚暗滴」挽合全篇，餘味無窮。

淸人陳廷焯認爲，本詞所寫的雖是尋常「離別」之意，但因全詞章法巧妙，故而有「筆力之高，壓遍千古」的美譽。

析 評

〔淸〕賀裳《皺水軒詞筌》：周淸眞避道君，匿師師楊下，做〈少年遊〉以詠其事。吾極喜其「緊握初溫，獸煙不斷，相對坐調笙」，情事如見。至「低聲問向誰行宿，城上已三更。馬滑霜濃，不如休去」等語，幾於魂搖目蕩矣。乃被謫後，師師持酒餞別，復作〈蘭陵王〉贈之，云：「愁一箭風快，半篙波暖，回頭迢遞便數驛。」酷盡離別之慘，而題作詠柳，不書其事，則意趣索然，不見其妙矣。

〔淸〕周濟《宋四家詞選》：客中送客，一「愁」字代行者設想。以下不辨是情是景，但覺煙靄蒼茫。「望」字、「念」字尤幻。

〔淸〕陳廷焯《雲韶集》：意與人同，而筆力之高，壓遍千古。又沈鬱，又勁直，有獨往獨來之概。

胡雲翼《宋詞選》：張端義《貴耳集》說這首詞和宋徽宗的風流

故事有關。……這是一個荒唐的傳說，不可信，王國維在《清真先生遺事》一文中曾經予以辨明。細玩詞意，不像告別而送別的語氣。周濟《宋四家詞選》說是「客中送客」。這是作者借送別來表達自己「京華倦客」的抑鬱心情。

〈六醜〉（薔薇謝後作）

正單衣試酒[1]，悵客裡、光陰虛擲。願春暫留，春歸如過翼[2]，一去無跡。為問花何在？夜來風雨，葬楚宮傾國[3]。釵鈿墮處[4]遺香澤，亂點桃蹊，輕翻柳陌[5]。多情為誰追惜？但蜂媒蝶使，時叩窗槅[6]。　　東園岑寂，漸蒙籠暗碧[7]。靜繞珍叢[8]底，成嘆息。長條故惹[9]行客，似牽衣待話，別情無極。殘英小、強簪巾幘[10]。終不似、一朵釵頭顫嫋[11]，向人欹側[12]。漂流處、莫趁潮汐。恐斷紅、尚有相思字[13]，何由見得。

注釋

1 正單衣試酒：正是改換上單層薄衣的時節。試酒，宋代習俗，人們於農曆三、四月試喝新酒，此指試酒的節令。

2 過翼：飛鳥。

3 楚宮傾國：以楚國美人比喻薔薇花。

4 釵鈿墮處：以遺落的首飾比喻落下的花瓣。釵鈿，鑲有珠寶的花形首飾。

5 柳陌：綠柳成蔭的路徑。

6 窗槅：窗戶。

7 漸蒙籠暗碧：指草木逐漸繁盛茂密，綠蔭幽暗青碧。

8 珍叢：花叢。

9 惹：招引、挑逗。

10 強簪巾幘：殘落的花勉強插戴在頭巾上。巾幘，頭巾、布帽。

11 顫裊：顫動、搖曳。

12 向人欹側：向人表示依戀媚態。欹，傾斜。

13 恐斷紅、尚有相思字：指紅花飄零時，對人間充滿了依戀之情。化用唐代范攄《雲溪友議》記載，唐人盧渥至長安應試，偶然拾得溝中漂流的紅葉，其上題有深宮佳人寄託情懷之詩；後來皇帝發放宮人，盧渥擇配的宮女正是當年於葉上題詩者。

導讀

　　據南宋末周密《浩然齋雅談》所載，本詞是周邦彥為朝廷喜慶、賜酒宴飲（大酺）而填詞譜曲。由於曲調轉換多次，雖難唱卻動聽，猶如上古時期的顓頊帝（號高陽氏）有子六人，貌醜而有才，周邦彥遂將曲調命名為「六醜」。

　　本詞寫作重點不在於歌詠凋謝的薔薇，而是周邦彥在「薔薇謝後」的追惜之情。詞作上片有感於久客他鄉、光陰虛擲，因花落春歸，悵惘更甚。詞中以美女殞逝（葬楚宮傾國、釵鈿墮處）比喻無人追惜的落花，在桃蹊柳陌飄散翻飛，突出詞中的「無家」與「無人追惜」之意。

　　詞作下片的構思更加巧妙。周邦彥在靜繞凋零的花叢時，被帶刺的薔薇枝條鉤住，彷彿是薔薇「牽衣待話，別情無極」，以花擬人，深情不捨。隨後又將一朵殘留的小花「強簪巾幘」，又因殘花無復盛開時「釵頭顫裊，向人欹側」的芳姿而嘆息。最後再以「紅葉題詩」的典故，叮嚀飄零的花瓣「莫趁潮汐」漂流，以免花瓣上的相思情意也隨之消散無跡，無由得見。

　　以詞作的表現手法而言，誠如清人周濟《宋四家詞選》所言：「不說惜花，卻說花戀人。不從無花惜春，卻從有花惜春。不惜已簪之殘英，偏惜欲去之斷紅。」也因為想像奇幻、用筆矯變，更顯得情致纏綿、依依不盡。

南宋沈義父《樂府指迷》云：「凡作詞，當以清眞為主。蓋清眞最為知音，且無一點市井氣。下字運意，皆有法度，往往自唐宋諸賢詩句中來，而不用經史中生硬字面，此所以為冠絕也。」透過本詞「因人及花、因花及人」的巧妙構思，以及詞作結構組織細密，運用典故渾然天成，這也是周邦彥所以有「最爲知音」與詞作「冠絕」稱譽的由來。

析評

　　〔南宋〕周密《浩然齋雅談》：（周邦彥因〈蘭陵王・詠柳〉詞獲宋徽宗賞識），自此通顯。既而朝廷賜酺，師師又歌〈大酺〉、〈六醜〉二解，上顧教坊使袁綯問，綯曰：「此起居舍人新知潞州周邦彥作也。」問「六醜」之義，莫能對，急召邦彥問之。對曰：「此犯六調，皆聲之美者，然絕難歌。昔高陽氏有子六人，才而醜，故以比之。」上喜。

　　〔清〕周濟《宋四家詞選》：不說惜花，卻說花戀人。不從無花惜春，卻從有花惜春。不惜已簪之殘英，偏惜欲去之斷紅。

　　〔清〕黃蘇《蓼園詞評》：自嘆年老遠宦，意境落寞，借花起興，以下是花是自己，比興無端，指與物化，奇情四溢，不可方物。人巧極而天工生矣。結處意致尤纏綿無已，耐人尋繹。

　　〔清〕陳廷焯《白雨齋詞話》卷 1：上文有「悵客裡光陰虛擲」之句，此處（按：指「爲問花何在」一句）點醒題旨，既突兀，又綿密，妙只五字束住。下文反覆纏綿，更不糾纏一筆，卻滿紙是羈愁抑鬱，且有許多不敢說處，言中有物，吞吐盡致。大抵美成詞，一篇皆有一篇之旨，尋得其旨，不難迎刃而解，否則病其繁碎重複，何足以知清眞也。

　　陳匪石《宋詞舉》：此詞非咏落花，乃花落後之「追惜」，命意全在此處，與將落時、方落時之說法絕不相同，此審題之法所宜知者也。

李清照

生平

　　李清照（1084–1155），自號易安居士，齊州（今山東省濟南市）人，詞集《漱玉詞》因故居前有漱玉泉而得名。十八歲嫁給太學生趙明誠，兩人詩詞唱和、收集金石古物，相知相得。靖康之亂，宋室南渡，兩人亦南遷，途中趙明誠病死，珍藏的金石書畫也散失殆盡，李清照於旅居南方後寂寞愁苦以終。

　　李清照善為詩文，復工畫，詞學造詣尤深，曾評論宋初各家之詞，俱洞中肯綮。詞作於年少新婚之時，洋溢熱情浪漫；中年別離期間，詞風纏綿婉轉，多抒離愁，但不作痛語；晚年因國破夫死家亡，寡居流浪，充滿悲觀淒苦、低沉感傷的情調。

〈點絳唇〉

　　蹴罷秋千[1]，起來慵整纖纖手[2]。露濃花瘦，薄汗輕衣透。　　見有人來，襪剗[3]金釵溜[4]，和羞[5]走。倚門回首，卻把青梅嗅。

注釋

1 蹴罷秋千：盪過了鞦韆。蹴，踏，此指盪鞦韆。秋千，即鞦韆。
2 慵整纖纖手：懶得搓揉細嫩的手。纖纖，細柔嫵媚的樣子。
3 襪剗：手提鞋子，只著襪子貼地走。剗，削平，此指以襪著地。
4 金釵溜：首飾因快走而滑脫下來。溜，滑落。
5 和羞：含羞。

本詞勾勒出少女明快天眞卻又矜持害羞的形象。詞作上片，寫少女盪鞦韆後整理服飾的情狀，「露濃花瘦」四字，生動傳神的形容少女纖瘦且薄汗透衣的身影。詞作下片，少女因見外人闖入，驚惶遁走之餘又好奇窺探，描繪出少女天眞嬌俏的樣貌。

然而，或許李清照「人比黃花瘦」、「尋尋覓覓，冷冷清清，淒淒慘慘戚戚」這類消瘦、憔悴的形象深植人心，相形之下，如本詞般活潑嬌俏的少女形象，反倒使人有「陌生化」之感，從而有「是否出自李清照之手」的質疑。認同者稱許李清照的表現手法高妙，能將「女兒情態，曲曲繪出」；反對者則以詞作意境淺薄，尤其是詞中「襪剗金釵溜」的動作，猶如市井婦女（或歌女）的舉止，不合乎身爲名門閨秀的李清照所具有的教養、規範。但對照李後主〈菩薩蠻〉中，以「剗襪步香階，手提金縷鞋」寫小周后夜半與情人幽會時小心翼翼的神態，可見「剗襪」雖非大家閨秀應有的禮儀，卻頗能貼近深閨少女「匆促畏避」的神情，何況這類充滿活潑生命氣息的內容，在李清照前期詞作中並非罕見，若與李清照其他詞作相互印證，當能體會其要。

詹安泰《讀詞偶記》：女兒情態，曲曲繪出，非易安不能爲此。求之宋人，未見其匹，耆卿、美成尚隔一塵。

唐圭璋〈讀李清照詞劄記〉：明楊愼《詞林萬選》卷四，誤收李清照一首〈點絳唇〉詞云（略）。據《花草粹編》卷一收此詞乃無名氏作，非清照詞……且清照名門閨秀，少有詩名，亦不致不穿鞋而著襪行走。含羞迎笑，倚門回首，頗似市井婦女之行徑，不類清照之爲人，無名氏演韓偓詩，當有可能。

吳世昌《詞林新話》：詠歌女，非易安自詠。「見客人來」，是何等人家？

〈浣溪沙〉

繡幕芙蓉一笑開[1]，斜偎[2]寶鴨[3]襯香腮。眼波才動被人猜[4]。　　一面風情深有韻，半箋[5]嬌恨寄幽懷。月移花影約重來。

注釋

1 繡幕芙蓉一笑開：帶著愉悅的笑意，將繡花的帷帳挑開。芙蓉，一說以花喻女子的面容姣好；另一說指芙蓉帳，一種華麗多彩的帳子。

2 偎：倚靠著。

3 寶鴨：鑄成鴨形的香爐。

4 眼波才動被人猜：形容目光流盼如水波，彷彿能與人說話一般。

5 箋：寫信或題字用的紙，泛指書信或詩箋。

導讀

本詞上片寫少女的容貌與神態。首句以「繡幕芙蓉一笑開」拉開序幕，展現在讀者眼前的，是一位臉帶笑意、斜偎鴨形香爐、手托香腮的少女，尤其是「眼波才動被人猜」一句，將少女眼神流轉、暗藏無限心事的模樣，寫得活靈活現。

下片鏡頭轉到戀愛中的少女以書信傳情的畫面。只見桌上有寫了一半的信箋，傳達了熱戀中的「嬌恨」與「幽懷」，詞末鏡頭停格在「月移花影約重來」一句，讓人聯想到唐代元稹〈會真記〉（後人改編為〈西廂記〉）的女主角崔鶯鶯，以「待月西廂下，迎風戶半開。拂牆花影動，疑是玉人來。」密約男主張生的情景。詞中時而眼波流轉，時而書信寄幽懷的少女，似乎也化身為「待月西廂下」、想愛卻又怕受傷害的崔鶯鶯。

本詞最受後人關注與討論的，莫過於「眼波才動被人猜」一句，生動的勾勒出少女風情有韻的神態，堪稱是「真色生香」宋詞名句。

但也因詞句迥異於李清照後詞作的憔悴消瘦，以致和前一首〈點絳唇〉都有「非李清照所作」的質疑。實則李清照的前期詞作，確有不少活潑嬌俏的少女形象，唯有綜合前、後期並觀，才能完整掌握《漱玉詞》的風格與樣貌。

析評

〔清〕吳衡照《蓮子居詞話》：易安「眼波才動被人猜」，矜持得妙；淑真「嬌癡不怕人猜」，放誕得妙：均善於言情。

〔清〕田同之《西圃詞說》：詞中本色語，如李易安「眼波才動被人猜」；蕭淑蘭「去也不教知，怕人留戀伊」；魏夫人「為報歸期須及早，休誤妾，一身閑」；孫光憲「留不得，留得也應無益」；嚴次山「一春不忍上高樓，為怕見、分攜處」。觀此種句，即可悟詞中之真色生香。

趙萬里輯本〈漱玉詞序〉：〈浣溪紗〉「繡面芙蓉一笑開」一闋，雖又引見《古今詞統》、《草堂詩餘續集》諸書，顧詞意儇薄，不似女子作，與易安他詞尤不類，疑所云非實。

〈減字木蘭花〉

賣花擔上，買得一枝春欲放[1]。淚染輕勻[2]，猶帶彤霞[3]曉露痕。　　怕郎猜道，奴面不如花面好。雲鬢[4]斜簪，徒要教郎比並看。

注釋

1 一枝春欲放：一枝含苞待放的花朵。春，此代指花。
2 淚染輕勻：描寫花上輕沾著露珠。淚，形似眼淚的晶瑩露珠。
3 彤霞：紅色的彩霞，借喻花的色彩鮮豔。
4 雲鬢：形容女子的鬢髮如烏雲般濃黑柔美，可泛指頭髮。

導讀

　　本詞應是李清照與丈夫趙明誠新婚燕爾的生活寫照。詞中透過買花、賞花、戴花、比花等系列動作，流露出李清照初為人婦的嬌俏與嫵媚，加以文字淺顯易懂，人物場景鮮活靈動，有別於李清照後期詞作常見的灰暗冷清色調，因而同樣招致「疑非易安作」的質疑。

　　然而，對照李清照另一首〈釆桑子〉所寫的婚後生活片段：

　　　　晚來一陣風兼雨，洗盡炎光，理罷笙簧，卻對菱花淡淡妝。
　　　　絳綃縷薄冰肌瑩，雪膩酥香，笑語檀郎：今夜紗幮枕簟涼。

詞中的少婦在夏日傍晚雨後，在理罷笙簧（樂器）、對鏡妝扮、與夫婿笑談的動作中，無不洋溢著嬌俏柔情與新婚幸福。何況如本詞這般明快自然的文字，在李清照詞集中並非少見。此外，在〈《金石錄》後序〉中，李清照曾追憶她與丈夫婚後「賭書潑茶」的情景：

　　　　余性偶強記，每飯罷，坐歸來堂，烹茶，指堆積書史，言某事在某書、某卷、第幾頁、第幾行，以中否角勝負，為飲茶先後。中，即舉杯大笑，至茶傾覆懷中，反不得飲而起！

　　序文記載了兩人以「某件史事在書中某卷某頁」作為角勝的題目，猜中的人可以先喝茶，但輸贏之間，往往因彼此耍賴笑鬧而使茶湯傾覆，不難想見李清照與趙明誠的夫妻生活，充滿了知性與情趣。本詞所寫的「買花、賞花、戴花、比花」種種日常細節，是李清照與夫婿情投意合、伉儷情深的具體表現。

析評

　　王英志《李清照集》附錄：此詞汲古閣未刻本《漱玉詞》及《花草粹編》收之，然詞意淺顯，疑非易安作。

劉長賀《宋代詩詞典選》：語言活潑生動，並不是李清照大部分作品的特點，但情感仍十分動人，是一首很好的閨房詞。

陳弘治《唐宋詞名作析評》：這一首詞雖然前半寫花，後半寫人，但它的詞意是一氣貫穿的。通篇帶著一縷纖微的柔情，穿遊於人花之間，顯露出一對恩愛夫婦生活的幸福和喜悅。

〈一剪梅〉

紅藕香殘玉簟[1]秋，輕解羅裳[2]，獨上蘭舟[3]。雲中[4]誰寄錦書[5]來？雁字[6]回時，月滿西樓。　　花自飄零水自流，一種相思，兩處閒愁。此情無計可消除，才下眉頭，卻上心頭[7]。

注釋

1 玉簟：竹蓆的美稱。
2 羅裳：羅裙，絲織的裙子。「輕解羅裳」意指換下夏季輕薄的衣物，改著秋涼時節較厚的服飾。
3 蘭舟：用木蘭樹材建造的船隻，後為小船的美稱。
4 雲中：此喻遠方。
5 錦書：用錦帕寫成的書信。
6 雁字：雁群的飛行行列似人字或一字，故名之。相傳雁鳥能傳遞書信。
7 此情無計可消除，才下眉頭，卻上心頭：思念丈夫之情極深，無法消除，眉頭剛剛舒展，卻又湧上心頭。化用北宋范仲淹〈御街行〉：「諳盡孤眠滋味，都來此事，眉間心上，無計相迴避。」

導讀

本詞舊題為「別愁」，應是李清照婚後與丈夫趙明誠分隔兩地所作。首句「紅藕香殘玉簟秋」，既點明季節（秋），也兼寫戶外（紅

藕香殘）及室內（玉簟）的景致，為詞中的離情抹上冷清灰暗的色彩，清代詞評家陳廷焯故而有「精秀特絕」的稱譽。

將本詞與李清照另一首〈如夢令〉對照來看：

> 常記溪亭日暮，沈醉不知歸路，興盡晚回舟，誤入藕花深處。爭渡，爭渡，驚起一灘鷗鷺。

詞作追憶了夫妻在溪亭泛舟、沈醉晚歸的情景，洋溢著新婚的幸福光彩。相形之下，〈一剪梅〉不僅蓮花早已「香殘」，無甚可觀，且因「獨上蘭舟」而顯得形單影隻，淒清孤寂。推測李清照的獨自泛舟，除了有散愁解悶之意，也可能是回憶往日的美好，盼能收到丈夫從遠方寄回的書信。無奈雁列空回，徒見月滿西樓，更添心中惆悵。

詞作下片，首句「花自飄零水自流」暗示分隔兩地的「相思」、「閒愁」，猶如花開水流般無法消解、無計迴避，詞末遂引出「此情無計可消除，才下眉頭，卻上心頭」的心聲，為離情愁緒的無奈總結一筆。

前人評論本詞，多集中在詞作末三句「此情無計可消除，才下眉頭，卻上心頭」，與范仲淹〈御街行〉「都來此事，眉間心上，無計相回避」的詞意相通。但范詞中的「此事」，單就截句來看，實有語意不明之感。相形之下，李清照以「此情」點明心中為情所苦，「才下眉頭，卻上心頭」，也將「相思揮之不去」的抽象情態表現得淋漓盡致。至於明人俞彥（字仲茅，見以下「析評」之王士禛詞評）「輪到相思沒處辭，眉間露一絲」之句，則不免有「效顰」之譏，與李清照精湛的填詞造詣相較，是不可同日而語的。

析評

〔明〕李廷機《草堂詩餘評林》：此詞頗盡離別之情，語意超逸，令人醒目。

〔清〕王士禎《花草蒙拾》：俞仲茅小詞云：「輪到相思沒處辭，眉間露一絲。」視易安「才下眉頭，卻上心頭」，可謂此兒善盜。然易安亦從范希文「都來此事，眉間心上，無計相回避」語脫胎，李特工耳。

〔清〕陳廷焯《白雨齋詞話》卷2：易安佳句，如〈一剪梅〉起七字云：「紅藕香殘玉簟秋」，精秀特絕，真不食人間煙火者。

〈醉花陰〉

薄霧濃雲愁永晝，瑞腦[1]消金獸[2]。佳節又重陽，玉枕紗幮[3]，半夜涼初透。　　東籬[4]把酒黃昏後，有暗香盈袖[5]。莫道不銷魂[6]，簾捲西風，人比黃花瘦[7]。

注釋

1 瑞腦：一種薰香料，又名龍瑞腦。

2 金獸：獸形的銅香爐。

3 紗幮：紗帳，用紗布做成的床帳，用來遮蔽蚊蟲。

4 東籬：種植菊花的花圃。出自晉人陶潛〈飲酒〉詩曰：「採菊東籬下，悠然見南山。」

5 暗香盈袖：菊花的清香溢滿雙袖。暗香，指清幽的菊花香氣。盈，充滿。

6 銷魂：因離別而引起的愁緒極深，彷彿靈魂將要離體。

7 人比黃花瘦：以纖弱的黃菊比況自己因離別而黯然消瘦的情狀。黃花，指菊花。

導讀

本詞舊題為「重陽」，是李清照在重陽時節，把酒賞菊、思念丈夫所作。由於夫妻分隔兩地，本詞誠如首句「薄霧濃雲愁永晝」，充滿了黯然銷魂的情調，詞中的枕席夜涼、把酒銷魂等詞彙，也暗示了

良人未歸、無心把酒賞菊的心情。詞末兩句「簾捲西風，人比黃花瘦」，不僅以秋風、菊花扣緊「重陽」的主題，也讓人在腦海中浮現閨中少婦為情消瘦的模樣，成為李清照的傳世名句之一，也與〈鳳凰臺上憶吹簫〉的「新來瘦，非干病酒，不是悲秋」，及〈如夢令〉的「知否？知否？應是綠肥紅瘦」，並列為《漱玉詞》的「三瘦」。

　　本詞所以膾炙人口，在於能使人因花瘦而聯想己瘦，形象鮮明生動；即使思念苦深，也能以溫柔蘊藉出之，不流於浮艷輕薄。元人伊世珍《瑯嬛記》曾記載：李清照之夫趙明誠收到詞作後，廢寢忘食寫了五十首詞，將本詞混雜其中，交付友人陸德夫評賞。但最終脫穎而出的，還是李清照的這首絕妙好詞。即使《瑯嬛記》經後人考訂為「偽書」，認為書中內容多不足據，但由於這則軼事讓〈醉花陰〉憑添無限想像空間，相信許多讀者還是「寧可信其有」而津津樂道不已吧！

析 評

　　〔元〕伊世珍《瑯嬛記》：易安以重陽〈醉花陰〉詞函致趙明誠，明誠歎賞，自愧弗逮。務欲勝之，一切謝客，忌食忘寢者三日夜，得五十闋，雜易安作，以示友人陸德夫。德夫玩之再三，曰：「只三句絕佳。」明誠詰之，答曰：「莫道不銷魂，簾捲西風，人比黃花瘦。」正易安作也。

　　唐圭璋《唐宋詞簡釋》：此首情深詞苦，古今共賞。起言永晝無聊之情景，次言重陽佳節之感人。換頭，言向晚把酒。著末，因花瘦而觸及己瘦，傷感之至。尤妙在「莫道」二字喚起，與方回之「試問閒愁知幾許」句，正同妙也。

　　吳熊和《唐宋詩詞探勝》：李清照論詞鄙薄柳永「詞語塵下」，這（指「莫道」句以下）三句就是柳詞「衣帶漸寬終不悔，為伊消得人憔悴」之意，表示思念之深。但表達時屏絕浮花浪蕊，選擇了不求穠麗、自甘素淡的菊花，既是重九即景，又象徵著一種高雅的情操。以

它自比，溫柔蘊藉，又絕無浮薄之嫌，更能反襯出作者不同凡俗的高標逸韻。

〈如夢令〉

　　昨夜雨疏風驟[1]，濃睡不消殘酒。試問捲簾人[2]，卻道海棠依舊。　　知否？知否？應是綠肥紅瘦[3]。

注釋

1 雨疏風驟：雨點稀疏而風颳得很大。
2 捲簾人：正在捲收窗簾的侍女。
3 綠肥紅瘦：雨後的綠葉因水分充足而繁茂，紅花卻不堪雨打而凋零。

導讀

　　李清照在本詞中，透過與侍女（捲簾人）的對話，曲折的表現出宿醉酒醒後的惜花、憐花之情。透過詞中「試問捲簾人」的提問，與侍女「海棠依舊」的回覆，不難推敲李清照所關心的問題，不外乎：歷經昨夜的雨疏風驟後，今朝海棠的花況如何？而侍女漫不經心的答覆，與李清照的傷春憐花的深情，恰成明顯對比。

　　本詞為篇幅短小的小令之作，對話之外，尚有不少自由想像的空間。例如：李清照何以宿醉？醉後酒醒的心情如何？與捲簾人之間的互動細節又如何？讀者可根據各自的理解，作出不同的詮釋。堪稱是一首意象紛呈、觸類多通的絕妙好「詞」。

　　本詞的另一特點是用字精妙，尤其是詞末的「知否？知否？應是綠肥紅瘦。」連用的兩個疑問詞（知否知否），看似出語天然，不假修飾，實則暗合〈如夢令〉詞牌此處須為「平仄、平仄」的格律要求。若改用其他詞彙，如「人靜、人靜」或「無寐、無寐」，便顯得刻意造作而矯情。此外，詞末以「綠肥紅瘦」代指雨後肥碩的綠葉及

凋零的紅花，紅花之「瘦」也讓人有「李清照因憶重情深而消瘦」的聯想，可謂新雋出奇，人工天巧兼而有之，是以備受古今文人推重與賞愛。

析 評

〔南宋〕胡仔《苕溪漁隱叢話·前集》：近時婦人能文詞，如李易安，頗多佳句，……「綠肥紅瘦」，此語甚新。

〔明〕徐士俊《古今詞統》：《花間集》云：此詞安頓二疊語最難。「知否，知否」，口氣宛然。若他「人靜，人靜」、「無寐，無寐」，便不渾成。

〔清〕黃蘇《蓼園詞評》：一問極有情，答以「依舊」，答得極淡，跌出「知否」二句來，而「綠肥紅瘦」，無限悽婉，卻又妙在含蓄。短幅中藏無數曲折，自是聖於詞者。

胡雲翼《宋詞選》：李清照在北宋顛覆之前的詞頗多飲酒、惜花之作，反映出她那種極其悠閒、風雅的生活情調。這首詞在寫作上以寥寥數語的對話，曲折地表達出主人公惜花的心情，寫得那麼傳神。「綠肥紅瘦」，用語簡煉，又很形象化。

〈武陵春〉

風住塵香花已盡[1]，日晚[2]倦梳頭。物是人非事事休，欲語淚先流。　　聞說雙溪[3]春尚好，也擬泛輕舟。只恐雙溪舴艋舟[4]，載不動、許多愁。

注 釋

1 塵香：塵土沾染了落花的香氣。

2 日晚：太陽已高昇。

3 雙溪：河流名，位於今浙江省金華市。李清照晚年依附其弟，寓居金華。

4 舴艋舟：形似蚱蜢的小船。

宋高宗建炎元年（1227），金人興兵入侵，宋室南渡，李清照與丈夫趙明誠也舉家南遷避難。隨後李清照歷經了丈夫病故、收藏的金石文物散失殆盡、改嫁卻所託非人等種種人生變故，在國破、家亡的雙重打擊下，不復見前期詞作中明快天真的風格與悠閒風雅的情趣，取而代之的，是如本詞般濃重的愁緒與淒苦的情懷。

詞作上片以「風住」、「花盡」，點明暮春時節，而「倦梳頭」、「事事休」、「淚流」等詞，流露出內在的無力與淒苦。詞作下片以「聞說」、「也擬」提起一筆，因聽聞雙溪一帶尚有春意，勉強打起精神，想藉由泛舟散心以消解愁悶，末句卻又以「只恐」兜轉一筆，表明國破、家亡所累積的愁緒之多與憂心之重，恐怕不是「舴艋舟」所能承載得了的，也與上片的「物是人非事事休」前後呼應。全詞語意抑鬱吞吐，布局翻騰挪轉，與《漱玉詞》的前期作品相較，更能看出後期詞作抑鬱翻騰的特色。

本詞不僅用字與結構之妙頗為可觀，詞中以小船無法承載愁多的妙喻，也是詞評家關注的重點，並常與唐宋詞中寫「愁多」的名句相提並論。如李後主的「問君能有幾多愁，恰似一江春水向東流。」（〈虞美人〉）賀鑄的「試問閒愁都幾許？一川煙草，滿城風絮，梅子黃時雨。」（〈青玉案〉）秦觀的「便作春江都是淚，流不盡、許多愁。」（〈江城子〉）蘇軾也有「無情汴水自東流，只載一船離恨向西州。」（〈虞美人〉）諸位詞家都以「水流無盡」來比喻「愁多無窮」，可說是「人同此心」的文學創作共相。

〔明〕李攀龍《草堂詩餘雋》：未語先淚，此怨莫能載矣。景物尚如舊，人情不似初。言之於邑（抑鬱），不覺淚下。

〔清〕王士禎《花草蒙拾》：「載不動許多愁」與「載取暮愁歸

去」、「只載一船離恨、向西州」，正可互觀。「雙槳別離船，駕起一天煩惱」，不免徑露矣。

陳弘治《唐宋詞名作析評》：在這首詞中，作者由「夫君的去世」、「晚景的淒涼」與「他鄉的漂泊」，幾項不幸的遭遇，交織成一股濃濃的哀愁。

〈聲聲慢〉

尋尋覓覓，冷冷清清，淒淒慘慘戚戚[1]。乍暖還寒[2]時候，最難將息[3]。三杯兩盞淡酒，怎敵他、晚來風急？雁過也，正傷心，卻是舊時相識。　　滿地黃花[4]堆積，憔悴損，如今有誰堪摘？守著窗兒，獨自怎生得黑[5]？梧桐更兼細雨，到黃昏、點點滴滴。這次第[6]，怎一個「愁」字了得！

注釋

1 戚戚：憂傷愁苦的樣子。
2 乍暖還寒：指深秋季節忽冷忽熱的天氣。
3 將息：修養調息，此指自我安排。
4 黃花：菊花。
5 獨自怎生得黑：獨自一人如何熬到天色昏黑。怎：如何、怎樣。
　生，語助詞。
6 這次第：這情形、這光景。

導讀

李清照前期詞作以〈醉花陰〉最為知名，後期詞作則以〈聲聲慢〉最具典型。詞中以殘秋時節的所見（雁過也、滿地黃花堆積）；所聞（晚來風急、梧桐更兼細雨到黃昏點點滴滴）與所感（冷冷清清淒淒慘慘戚戚、乍暖還寒最難將息、守著窗兒獨自怎生得黑、怎一個愁字了得），抒

發其因國破家亡、淪落異鄉的孤寂愁苦之情。

本詞上下連貫，一意書寫愁緒，打破了詞作「前景後情」的慣用手法。詞中最受人稱道的，莫過於連用十四個疊字，層層遞入。先由一般的「尋」找，再到仔細的搜「覓」，遍尋不著之後頓覺「冷清」，而後漸覺「悽慘」，最後由內心深處湧出「戚戚」之情。本詞疊字入妙的特色，深受世人賞愛而群起仿效，名為「易安體」，甚至有變本加厲增至二十餘疊者，但誠如清代陳廷焯所謂「終著痕跡，視易安風格遠矣」，與本詞的渾然天成是有高下之分的。

疊字之外，詞中還有不少雙聲疊韻字，雙聲字如淒慘、戚戚、黃花、黃昏、點滴；疊韻字如冷清、暖還寒、盞淡、得黑。詞中的齒音字如尋、清、淒、慘、戚等，與舌音字如點點滴滴，更是可觀。近人夏承燾曾統計本詞：「用舌聲的共十五字，用齒聲的共四十二字」，「全詞九十二字，而這兩聲卻多至五十七字」，可見李清照「應是有意用嚙齒叮嚀的口吻，寫自己憂鬱怡悅的心情。」

本詞的高難度創作技巧，還表現在押韻的部分。歷來作者填寫〈聲聲慢〉多用平韻格，李清照本詞改用仄韻格，並使用仄韻中音節短促的入聲字，讓本詞讀來更具有幽咽淒苦的聲情。尤其是詞中的「獨自怎生得黑」與末句「怎一個愁字了得」，猶如尋常說話口吻，實則句中的「黑」字與「得」字，都是難以組織搭配的險字，李清照卻能舉重若輕，運用自如，具體展現了她在用字與審音方面的高妙才能。

析評

〔南宋〕張端義《貴耳錄》：易安詞〈聲聲慢〉，此乃公孫大娘舞劍手，本朝非無能詞之士，未曾有一下十四疊字者……後疊又云「梧桐更兼細雨，到黃昏、點點滴滴」，又使疊字，俱無斧鑿之痕。更有一奇字云「守定窗兒，獨自怎生得黑」，「黑」字不許第二人押。婦人中有此文筆，殆間氣也。

〔南宋〕羅大經《鶴林玉露》卷 12：近時李易安詞云「尋尋覓覓，冷冷清清，淒淒慘慘戚戚」，起頭連疊七字，以一婦人，乃能創意出奇如此。

〔清〕陳廷焯《雲韶集》卷 10：疊字體，後人效之者甚多，且有增至二十餘疊者。才氣雖佳，終著痕跡，視易安風格遠矣。「黑」字警，後幅一片神行，愈唱愈妙。

夏承燾《唐宋詞欣賞》：這首詞用了許多雙聲疊韻字。一開頭就用連串的疊字，是為加強刻畫她的百無聊賴的心情，……「梧桐更兼細雨，到黃昏，點點滴滴。這次第，怎一個愁字了得！」二十多個字裡，舌音、齒音交相重疊，是有意以這種聲調來表達她心中的憂鬱和惆悵。

南宋其他

陳與義

生平

陳與義（1090-1139），字去非，號簡齋，河南洛陽人（今河南省洛陽市）。宋徽宗朝進士，曾任中書舍人、翰林學士，官至參知政事。為北宋末、南宋初期的著名詩人，亦工於詞作，著有《簡齋集》

陳與義作詩講求意境，善於白描，格調清婉，耐人尋味；其詞不多，僅十於闋傳世，然而近似蘇軾詞風，語意超絕，疏朗明快，自然渾成，不作嬌媚之態，亦無俚俗之氣。

〈臨江仙〉（夜登小閣，憶洛中[1]舊遊）

憶昔午橋[2]橋上飲，坐中多是豪英[3]。長溝流月去無聲[4]。杏花疏影[5]裡，吹笛到天明。　　二十餘年[6]如一夢，此身雖在堪驚。閒登小閣看新晴[7]。古今多少事，漁唱起三更[8]。

注釋

1 洛中：指河南洛陽一帶。

2 午橋：橋名，位於洛陽城南面。唐代詩人白居易、劉禹錫、裴度等人常在此吟詩唱和，舉杯歡飲。

3 豪英：豪放而有才華之人。

4 長溝流月去無聲：月光映照河面，並隨著水流悄然流逝，此暗喻時間逐漸消逝。長溝，指河水。

5 疏影：稀疏斑駁的陰影。

6 二十餘年：此指陳與義經歷了北宋亡國後，南渡的顛沛流離。

7 新晴：指雨後初晴的月夜景色。

8 古今多少事，漁唱起三更：古往今來多少興亡之事，不過是夜深人
　　靜時，漁人吟唱的歌謠而已。漁唱，捕魚人自編的歌曲。

導讀

　　本詞寫於南宋高宗紹興初年，是陳與義在歷經北宋滅亡、流離南
渡後，藉由追憶「二十餘年」前的洛陽舊遊，以抒發其今昔無常的慨
嘆。

　　詞作上片以「憶昔」開頭，回憶昔日在洛陽午橋上，與「豪英」
唱和歡飲的情景。由於唐代詩人白居易、劉禹錫等人也曾在「午橋」
宴飲酬唱，更讓午橋宴飲增添了名士風流的況味。「長溝」以下三
句，具體描繪了昔日豪英在午橋宴飲情景，尤其是「杏花疏影裡，吹
笛到天明」兩句，更是全詞的警句，不僅晴嵐鮮妍，也充滿了無限的
雅興閒情。

　　詞作下片，以「如夢」、「堪驚」將昔日的歡樂轉為今日的悲
涼。「閒登」以下三句，既是回應詞題的「夜登小閣」，也將今昔對
比、舊歡如夢的感慨，收束在眼前所見的「新晴」景色當中。末兩
句的「古今多少事，漁唱起三更」，更有飽經滄桑後的欲語還休之
感。

析評

　　〔南宋〕張炎《詞源》：詞之難於令曲，如詩之難於絕句，不過
十數句，一句一字閒不得。末句最當留意，有有餘不盡之意始佳。當
以唐《花間集》中韋莊、溫飛卿為則。又如馮延巳、賀方回、吳夢窗
亦有妙處。至若陳簡齋「杏花疏影裡，吹笛到天明」之句，真自然而
然。

〔明〕沈際飛《草堂詩餘・正集》：意思超越，腕力排奡，可摩坡仙之壘。流月無聲，巧語也；吹笛天明，爽語也；漁唱三更，冷語也。功業則歉，文章自優。

〔清〕劉熙載《藝概・詞概》：詞之好處有在句中者，有在句之前後際者。陳去非〈虞美人〉「吟詩日日待春風，及至桃花開後卻匆匆」，此好在句中者也；〈臨江仙〉「杏花疏影裡，吹笛到天明」，此因仰承「憶昔」，俯注「一夢」，故此二句不覺豪酣轉成悵悒，所謂好在句外者也。

唐圭璋《唐宋詞簡釋》：此首豪曠，可匹東坡。上片言昔事，下片言今情。「憶昔」兩句，言地言人。「長溝」三句，言景言情。一氣貫注，筆力疏宕。換頭，忽轉悲涼。「二十」兩句，言舊事如夢。「閑登小閣」三句，仍以景收，歎惋不置。

張孝祥

生平

張孝祥（1132-1170），字安國，號于湖居士，歷陽烏江（今安徽省和縣）人。南宋高宗朝狀元，官至荊湖北路安撫使，中書舍人，後以疾請歸。歷官時興修水利，頗有政聲。有《于湖集》傳世，詞集名為《于湖詞》。

張孝祥文章俊逸，有英姿奇氣。傾慕蘇軾，常以己作比之東坡，詞風清疏爽朗，有凌雲之氣，佳處直逼蘇詞；詞作具有愛國思想，與張元幹同為南宋初期詞壇雙璧。

〈西江月〉（題溧陽三塔¹寺）

問訊湖邊²春色，重來又是三年。東風吹我過湖船，楊柳
絲絲拂面。　　世路如今已慣，此心到處悠然。寒光亭³下水
如天。飛起沙鷗一片。

注釋

1 溧陽三塔寺：位於江蘇溧陽縣西三塔湖邊。
2 問訊湖邊：向溧陽三塔湖問候。問訊：問候。
3 寒光亭：亭名，位於江蘇省溧陽縣西邊的三塔湖畔。

導讀

　　南宋高宗紹興 32 年（1162）春二月，張孝祥被召知撫州（今江西
省臨川縣）。就任前，張孝祥先返回老家（安徽省宣城市）辭親，途經
江蘇溧陽三塔湖。由題中的「題寺」兩字，可知張孝祥曾登岸參觀三
塔寺，並在寺中亭柱題詞。再由詞中「重來又是三年」推論，張孝祥
應於紹興 29 年（1159）因朝廷政爭而被免官，返歸蕪湖定居時路經此
地。短短三年，張孝祥便歷經了「中書舍人」、「免官歸蕪湖」與「
召知撫州」的仕途起伏。

　　詞作上片，作者抒發重經三塔湖的感受。詞中的「湖邊春色」、
「東風」、「楊柳」等詞，表明了詞作寫於春季，加以重返官場，遂
頗有春和景明的快意之感，與下片的「悠然」心境是一致的。

　　詞作下片，首句的「世路如今已慣」，既是回應上片的「重來」
之意，也是歷經宦海風波、熟諳世情之後的感慨。詞末以湖亭水光相
連、沙鷗一片的景色收結，更覺欲語還休、餘情無限。清人李佳《左
庵詞話》將末兩句摘為警句，可謂有識之言。

　　然而，張孝祥寫作本詞時年僅三十，何況《宋史》本傳稱其「年
少氣銳」，與本詞「世路如今已慣，此心到處悠然」的消極老成，頗

為扞格難合。推論末兩句除了是張孝祥對官場浮沈的體悟外，也與其出身貧寒，年少登第，卻因力主抗金而屢被秦檜及其黨羽打壓有關。

析評

　　〔清〕李佳《左庵詞話》卷下：詞家有作，往往未能竟體無疵。每首中，要亦不乏警句，摘而出之，遂覺片羽可珍。如……張于湖（張孝祥自號于湖）云：「寒光亭下水連天，飛起沙鷗一片。」

陸　游

生平

　　陸游（1125-1210），字務觀，越州山陰（今浙江省紹興市）人。曾任范成大麾下，主賓唱酬歡快。陸游不拘禮法，人譏其狂放，索性自號「放翁」。

　　陸游二十九歲時參加科舉應試，原本名列第一，但因秦檜之孫秦塤列為第二，陸游於複試時遂被黜落，直到秦檜死後才得起用。先後任杭州、福建等地方官職，後來為川陝宣撫使王炎的幕府，參與軍務。由於南宋當權者多主議和，遂將主戰的王炎調離前線，陸游也連帶調回四川後方，又轉往江西、浙江一帶任職，六十六歲時退居老家山陰終老。陸游存詩 9,300 餘首，有詩集《劍南詩稿》傳世，是中國詩史上存詩最多者。

　　陸游早年求仕，詩風學江西詩派，務求奇巧；中年入蜀軍幕，豪宕奔放似杜甫；晚年隱居山陰，閒適恬澹。陸游詞風與其詩相似，然較詩作濃縟繁麗。

〈秋波媚〉（七月十六日晚登高興亭，望長安南山[1]）

　　秋到邊城角聲哀，烽火[2]照高臺[3]。悲歌擊筑[4]，憑高酹酒[5]，此興悠哉。　　多情誰似南山月，特地暮雲開。灞橋[6]煙柳，曲江[7]池館，應待人來[8]。

注釋

1　南山：即長安城南之終南山，高興亭正對終南山。
2　烽火：古代於高處建臺，駐守士兵白日舉煙，夜間置火，用以防禦

和迎敵。此指通報前線無事的平安烽火。

3 高臺：此指高興亭。

4 筑：古代一種弦樂器，形似琴或箏，以竹尺擊之，聲音悲壯。

5 酹酒：以酒灑地的祭祀儀式。

6 灞橋：位於長安城東面的灞水上，橋邊多柳樹，古人常於此折柳送別。

7 曲江：池名，位於長安城東南，為唐代的遊覽勝地。

8 應待人來：等待南宋軍隊收復失地，勝利歸來。

導讀

　　詞題中的「高興亭」位處南鄭（今陝西省漢中市）。南宋孝宗乾道八年（1172），陸游擔任四川宣撫使王炎的幕僚，到南鄭參與抗金軍事行動。本詞傳達了作者登「高興亭」遠眺，因勝利在望而有的「高興」昂揚之情。

　　詞作上片，首句以「哀」字領起，既是秋日邊城軍中號角聲予人的感受，也有宋室南渡、國土淪喪的悲哀。而「烽火照高臺」以下三句，則是登高遠眺前線的所見所感。由於自覺勝利在望，因而「悲歌擊筑」、「憑高酹酒」，展現出興高采烈、慷慨激昂的情態。

　　詞作下片，承接上片末句「此興悠哉」的「興」字，不僅眼前因「暮雲開」而得見的「南山月」顯得特別多情，就連遠處被敵人佔領的「灞橋煙柳」與「曲江池館」，彷彿也都熱切的等待宋室北伐軍隊的到來。

　　全詞由「哀」領起，以「興」收結，展現了陸游的愛國情操與對勝仗的期待。可惜同年十月，朝廷否決了北伐計畫，並將王炎調回京城，解散幕府，陸游短暫的軍旅生活也隨之結束，昔日的豪情壯志，也僅能透過詩詞緬懷追憶了。

析評

　　胡雲翼《宋詞選》：宋孝宗乾道八年（1172），陸游四十八歲，

在漢中擔任軍中職務，前方的有利形勢和軍隊裡的壯闊生活激起了作者經略中原、收復長安的熱望和堅定的勝利信心。他是那麼樂觀而又激勵地寫著：灞橋、曲江那些長安的風景區都在等待宋軍的到來。

<h3 style="text-align:center">〈訴衷情〉</h3>

　　當年萬里覓封侯。匹馬戍梁州[1]。關河[2]夢斷何處？塵暗舊貂裘[3]。　　胡未滅，鬢先秋。淚空流。此生誰料，心在天山[4]，身老滄洲[5]。

注釋

1 匹馬戍梁州：指陸游四十八歲時在漢中川陝宣撫使署任職期間的軍事活動。戍，戍守、防守。

2 關河：關口要塞與河流堤防，此泛指山川險要之處。

3 塵暗舊貂裘：貂皮裘衣上落滿灰塵，顏色為之暗淡，借指自身不受重用，多年未能披甲上陣，使戰衣蒙塵。典故出自《戰國策・秦策》記載蘇秦遊說秦王而不被採用，因而「黑貂之裘敝，黃金百斤盡，資用乏絕，去秦而歸」。

4 天山：即今新疆境內，為漢、唐時期的疆域，此代指南宋與金國僵持周旋的交界處。

5 滄洲：濱水之地，古代泛指隱士所居之處。陸游晚年隱居在紹興鏡湖邊的三山。

導讀

　　本詞是陸游晚年閒居時所作。陸游自宋孝宗淳熙十六年（1189）被彈劾罷官後，退隱山陰故居長達十二年。其退隱後的詞作，除了回憶早年的軍旅生涯外，另一部分則是隱居後「人閒心不閒」的情態。詞中的「心在天山，身老滄洲」，足以概括陸游晚年的兩種生活樣貌。

詞作上片以「當年萬里覓封侯」寫起，回憶昔日「匹馬戍梁州」的豪情壯舉。下兩句的「夢斷」、「塵暗」，體現出壯志未酬、建功無期的悲憤。詞作下片，以「胡未滅，鬢先秋，淚空流」，承接上片，點明功名「夢斷」的緣由：朝廷無意北伐，自己又已年邁，即使「心在天山」，念念不忘收復中原，卻只能「身老滄洲」，在紹興山陰一帶投閒置散，終老此身。

　　綜觀陸游詞集，屢見其追憶早歲「封侯萬里」的軍旅生涯，例如：

- 壯歲從戎，曾是氣吞殘虜。（〈謝池春〉）
- 忽記橫戈盤馬處，散關清渭應如故。（〈蝶戀花〉）
- 華燈縱博，雕鞍馳射，誰記當年豪舉？（〈鵲橋仙〉）
- 君記取：封侯事在，功名不信由天。（〈漢宮春·初自南鄭來成都作〉）
- 自許封侯在萬里，有誰知？鬢雖殘，心未死！（〈夜遊宮·記夢寄師伯渾〉）
- 青衫初入九重城，結友盡豪英。蠟封夜半傳檄，馳騎諭幽并。（〈訴衷情〉）

　　歷來詞評家常將陸游與辛棄疾並列為豪放一派。如清人馮金伯云：「放翁、稼軒，一掃纖艷，不事斧鑿。」（《詞苑萃編》卷2）；陳廷焯也指出：「放翁、稼軒，掃盡綺靡，別樹詞壇一幟。」（《雲韶集》卷6）。這是因為兩人早年都曾有軍旅生涯，詞中也都有忠愛之思與恢復之志，但在南宋朝廷「主和」的環境下，不免因政治打壓而有壯志未酬的悲慨。此外，兩人詞作同樣有「時掉書袋，要是一癖」（馮金伯《詞苑萃編》卷2）的情形，讀者不妨取《稼軒詞》對照、印證之。

析評

〔清〕劉熙載《藝概‧詞概》：陸放翁詞安雅清澹，其尤佳者，在蘇、秦間。然乏超然之致，天然之韻，是以人得測其所至。

胡雲翼《宋詞選》：「心在天山，身老滄洲」兩句概括了詩人晚年生活和思想矛盾的悲憤情緒。

〈卜算子〉（詠梅）

驛外[1]斷橋邊，寂寞開無主[2]。已是黃昏獨自愁，更著[3]風和雨。　　無意苦[4]爭春，一任[5]羣芳妒。零落成泥碾[6]作塵，只有香如故。

注釋

1 驛外：指荒僻、冷清之地。驛，驛站，古代為傳遞文書，設置供人和馬休息的處所。

2 寂寞開無主：梅花孤單寂寞地綻開，無人聞問。開，此指梅花綻放。無主，指花朵自生自滅，無人照料或賞玩。

3 著：遭受、承受。

4 苦：竭盡心力地。

5 一任：任憑。

6 碾：滾壓、軋碎。

導讀

這是一首詠物詞，也是陸游的人格寫照。

詞作上片，客觀書寫梅花的生長環境：「驛外斷橋」邊，既少行人，也無主照管愛惜，何況眼前是風雨交加的黃昏，令人不禁為自開自落的梅花感到「寂寞」，為之生「愁」。

詞作下片，則寫梅花的高格勁節。既無意與群芳爭春，也無懼寒

冬冰雪。詞末兩句，表明梅花即使凋落，被過往車駕輾爲塵土，依然餘香猶存，令人感念動容。

唐代詩劉禹錫〈陋室銘〉有「斯室陋室，唯吾德馨」之言，若將花比人，則「花香」猶如人的「德馨」。歷來詞評家評論本詞，也多集中在後兩句，並結合陸游忠愛的志節來說解本詞「詠梅即以自喻」的特質。

今人王兆鵬等人合著的《宋詞排行榜》中，本詞位居第四十四名。但古人在評點、唱和與選錄方面的表現都相對冷清，詞作入榜的原因，主要緣於今人的賞愛，可見「這株寂寞綻放在驛外斷橋邊、黃昏風雨中的梅花，在歷經千年的歲月洗禮之後，終於在現當代遇到了真正的賞花人。」

評析

〔明〕卓人月《古今詞統》卷 4：末句想見勁節。

唐圭璋《唐宋詞簡釋》：此首詠梅，取神不取貌，梅之高格勁節，皆能顯出。……「零落」兩句，更揭出梅之真性，深刻無匹，詠梅即以自喻，與東坡詠鴻同意。東坡、放翁，固皆忠忱鬱勃，念念不忘君國之人也。

錢仲聯《唐宋詞譚》：切定梅花，移用於他花不得。通首不出現梅花字面，卻不脫不粘地傳出了梅花之神。

〈鷓鴣天〉

家住蒼煙落照間[1]，絲毫塵事不相關。斟殘玉瀣行空竹[2]，卷罷《黃庭》[3]臥看山。　貪嘯傲，任衰殘，不妨隨處一開顏。元知造物心腸別[4]，老卻英雄似等閒[5]。

注釋

1 蒼煙落照間：有蒼茫雲氣和夕陽晚照的鄉間。陸游家居山陰，今浙

江將紹興市一帶。

2 斟殘玉瀣行穿竹：喝完酒後到竹林散步。玉瀣，美酒。

3 卷罷《黃庭》：看完《黃庭經》後，將書捲起。《黃庭經》為一部
　道家論養生的典籍。

4 元知造物心腸別：本來就知道上天另有想法、安排。元，即「原」
　，原本。

5 老卻英雄似等閒：隨意棄置英雄，使其無用武之地，完全不當一回
　事。似等閒，好像不當一回事。

導讀

　　南宋孝宗乾道二年（1166），陸游因「交結臺諫，鼓唱是非，力
說張浚用兵」的罪名被彈劾免官，本詞為陸游在紹興鏡湖邊的三山隱
居時所作。

　　詞作上片，首二句寫罷官退隱後的居住環境（家住蒼煙落照間）與
心境（絲毫塵事不相關）。也因為遠離紅塵，不再過問俗事，「斟殘」
以下兩句寫的便是隱居生活重心，不外乎「飲酒」、「散步」、「看
書」、「看山」這些事項，極力展現退隱生活的閒適。

　　詞作下片，則著眼於退隱後的人生態度：嘯傲江湖，一任衰殘，
隨處開顏。詞中的「貪」、「任」、「不妨」等虛詞，也有陸游「刻
意」放浪形骸之意，有別於昔日「喜論恢復」的積極用事。「元知造
物心腸別，老卻英雄似等閒」兩句，結合前三句的放達曠逸，言下頗
有：既然「造物主」隨意棄置英雄，任其衰老，自己也無須再為國事
操心，不如隱居自適，享受人生。

　　胡適《詞選》指出陸游詞作「有激昂慷慨和閒適飄逸的兩種境
界」，本詞屬於後者。但值得注意的是，陸游的「閒適飄逸」詞實為
「故作瀟灑」而非真放達。以本詞為例，詞中雖然極寫隱居的閒適自
在，但陸游當時年僅四十二歲，內心仍有抑鬱不平之氣，仍未能忘情
英雄事業與功名，遂刻意超脫曠達。本詞之外，另有兩首同時寫就、

情境相近的〈鷓鴣天〉，附錄於後，供讀者參考。

【附錄】

〈鷓鴣天〉

插腳紅塵已是顛，更求平地上青天。新來有個生涯別，買斷煙波不用錢。　　沽酒市，采菱船，醉聽風雨擁蓑眠。三山老子真堪笑，見事遲來四十年。

〈鷓鴣天〉

懶向青門學種瓜，只將漁釣送年華。雙雙新燕飛春岸，片片輕鷗落晚沙。　　歌縹緲，櫓嘔啞，酒如清露鮓如花。逢人問道歸何處，笑指船兒此是家。

評析

〔明〕卓人月《古今詞統》：天地不仁，如是如是。

胡雲翼《宋詞選》：通篇極寫閒適自在的生活，都是故意表示「絲毫塵事不相關」，不是作者心坎裡的話，最後兩句才點明題意所在：南宋王朝最高統治者（造物者）不圖恢復，不用抗敵人才，英雄無用武之地，自然只好老死牖下了。

袁行霈《陸游詩文鑒賞辭典》：詞中雖極寫隱居之閒適，但那股抑鬱不平之氣仍然按捺不住，在篇末流露出來。也正因為有那番超脫塵世的表白，所以篇末的兩句就尤其顯得冷雋。

辛棄疾

辛棄疾（1140-1207），字幼安，號稼軒，今山東省濟南市人。生於金國，少年時與耿京聚兵抗金，失敗後南渡歸順宋朝。歷任湖北、湖南、江西安撫使，在政治和軍事上皆採取積極措施，以利國便民；但因力主抗金，與當權主和派不合而遭免職，懷著恢復中原的宏願抑鬱而終。

辛棄疾生性豪爽，崇尚氣節，有俠義之風。詞作繼承蘇軾，將豪放詞風加以發揚，蔚為宗派，為南宋的傑出詞人；內容多慷慨激發的忠義之志、抑鬱不得志之情，與歸隱田園的所見所感。

〈鷓鴣天〉（有客慨談功名，因追念少年時事，戲作）

壯歲旌旗擁萬夫[1]，錦襜突騎[2]渡江初。燕兵夜捉銀胡䩮[3]，漢箭朝飛金僕姑[4]。　追往事，歎今吾，春風不染白髭鬚[5]。卻將萬字平戎策[6]，換得東家種樹書[7]。

注釋

1 壯歲旌旗擁萬夫：指辛棄疾於二十二歲的少壯時期，領導義軍抗金之事，參見辛棄疾〈進美芹十論劄子〉記載：「臣嘗鳩眾二千，隸耿京為掌書記，與圖恢復，共籍兵二十五萬，納款於朝。」旌旗，旗子的通稱，可借指士兵。

2 錦襜突騎：精銳的錦衣騎兵。襜，蔽膝，古代繫在衣前的護膝圍裙，此指戰袍。

3 燕兵夜捉銀胡䩮：指金兵在夜晚枕著箭袋以備戰。燕兵，借指金

兵。胡䩮，又作孤鵦，箭袋。

4 漢箭朝飛金僕姑：清晨時宋軍萬箭齊發，向金兵進攻。漢，借指
宋。金僕姑，箭名，出自尹世珍《瑯嬛記》記載：魯國有僕人忽然
失蹤，十日而返，言其姑已得道，臨別時曾贈一金箭，曰此矢不必
善射而準。主人試之果真如此，因以「金僕姑」為箭名，後世用以
謂良矢。

5 春風不染白髭鬚：春天能使萬物綠意盎然，卻無法使自己的鬚髮由
白變回黑。髭鬚，長在嘴邊的短毛，唇上曰髭，唇下曰鬚。

6 平戎策：平定外族侵略者的策略，辛棄疾曾上〈美芹十論〉、〈九
議〉等奏疏，暢論治軍抗金之事。

7 換得東家種樹書：表示退休歸耕農田。東家，東邊的鄰居。種樹
書，研究栽培樹木的書籍，此喻歸耕田園。

導讀

　　本詞是辛棄疾在飲宴酬答時，因「有客慨談功名」遂「追念少年
時事」而作。

　　據〈進美芹十論劄子〉所載，辛棄疾在年約二十二歲的壯年時
期，曾「鳩眾二千」加入耿京的義勇軍，期盼能收復被金人佔領的土
地，且「籍兵二十五萬，納款於朝」，帶領軍隊歸順南宋朝廷。詞作
上片首二句，即是回憶這段昔日壯舉，而「燕兵」與「漢箭」兩句，
則以典故概括其率兵南渡時，如何衝鋒陷陣，與金兵戰鬥的場景。

　　詞作下片，以「追往事，歎今吾」轉折詞意。昔日的「壯歲旌旗
擁萬夫」，何等英雄氣概，壯志昂揚，如今卻是「春風不染白髭鬚」
，已不敵歲月的摧殘而鬚髮俱白，無復年少。後兩句「卻將萬字平戎
策，換得東家種樹書」，詞意更加沈鬱深痛，一方面寓有恢復中原的
壯志被打壓，不得不退而學種樹；另一方面，也代指自己的心血結晶
（萬字平戎策），在主政者眼中無異廢紙，比農家的「種樹書」更無
實用價值。

本詞題序雖云「戲作」，但由本詞上片的「追昔」與下片的「感今」，結合辛棄疾一生始終不忘北伐事業（見「析評」胡雲翼所論），可見末兩句將「平戎策」換「種樹書」，絕非甘心「退閑」之言，而是形勢所逼，不得不退，比陸游的「早信此生終不遇，當年悔草〈長楊賦〉」，語意更見深婉、含蓄。

析評

陳廷焯《白雨齋詞話》卷八：放翁〈蝶戀花〉云：「早信此生終不遇，當年悔草〈長楊賦〉。」情見乎詞，更無一毫含蓄處。稼軒〈鷓鴣天〉云：「卻將萬字平戎策，換得東家種樹書。」亦即放翁之意，而氣格迥乎不同，彼淺而直，此鬱而厚也。

胡雲翼《宋詞選》：劉祁《歸潛志》說這是辛棄疾「退閑」時寫的詞。雖然自稱「戲作」，實在感慨很深。他南渡以後，始終不忘北伐事業，屢次陳述恢復方略，如〈美芹十論〉、〈九議〉，都是洋洋萬言的名篇。直至五十四歲還寫過〈論荊襄上流爲東南重地〉的奏議，要求「國家有屹然萬里金湯之固」（見《稼軒詩文鈔存》）。六十六歲還發出「憑誰問，廉頗老矣，尚能飯否」（〈永遇樂〉）的感嘆。由此可見，把「平戎策」換「種樹書」，顯然是由於朝廷排斥主戰派，被迫出此，非作者所願。

〈破陣子〉（爲陳同甫[1]賦壯語以寄）

醉裡挑燈看劍，夢回吹角連營[2]。八百里[3]分麾下炙[4]，五十絃翻塞外聲[5]。沙場秋點兵[6]。　　馬作的盧[7]飛快，弓如霹靂[8]弦驚。了卻君王天下事[9]，贏得生前身後名。可憐白髮生！

注釋

1 陳同甫：陳亮，字同甫。爲人才氣超邁，喜談兵事，與辛棄疾爲

友，二人才相若，詞亦相仿。

2 吹角連營：各個軍營裡不斷響起號角聲。角，軍中樂器，以動物之角或竹、木等製成，其聲哀屬高亢，聞之使人振奮。

3 八百里：指健壯的牛。典故出自《世說新語・汰侈》曰：「王君夫有牛，名八百里駁，常瑩其蹄角。」

4 炙：烤肉。

5 五十絃翻塞外聲：樂器演奏著悲壯的戰歌。五十絃，原指瑟，古瑟有五十根絃，此泛指軍中樂器。翻，演奏。塞外聲，雄渾悲壯的軍樂。

6 秋點兵：古代檢閱軍隊多在秋天。

7 的盧：良馬之名，一種烈性快馬。出自《三國志・蜀志・先主傳》注引《世說》曰：「所乘馬名的盧，騎的盧走，墮襄陽城西檀溪水中，溺不得出。備急曰：『的盧，今日厄矣，可努力！』的盧乃一躍三丈，遂得過。」

8 霹靂：本指急而響的雷聲，此喻弓弦響聲極大。

9 君王天下事：統一天下的大業，此特指收復中原失土之事。

導讀

本詞是辛棄疾另一首回憶壯歲從戎的軍旅生活之作。

詞作以「醉裡挑燈看劍」發端，憶起昔日軍中生活的種種情節：連營分牛炙、塞外吹角聲、沙場秋點兵。以及上戰場後，搭弓射箭，策馬奔騰的驚險場面。而這些英勇壯舉背後，既有成全「大我」的「了卻君王天下事」，也有實現「自我」的「贏得生前身後名」。全詞至此可謂大聲鏜鎝、慷慨激昂，但末一句「可憐白髮生」，結合首二句的「醉裡」、「夢回」，可見昔日豪情壯志都已成為醉夢回憶，徒留白髮叢生的老年光景，令人唏噓、悲憤。

本詞與〈鷓鴣天〉（壯歲旌旗擁萬夫）同為回憶昔日豪情，慨嘆今日不遇之作。但兩首詞作的結構卻明顯有別。〈鷓鴣天〉上片為昔日

「旌旗擁萬夫」的豪情壯感；下片爲今日鬢髮俱白、無所作爲的悲哀。全詞八句，上、下片各四句，前後期分配頗爲平均。本詞十句之中，前九句都是昔日的軍旅生活與自我期許，待第十句的「可憐白髮生」才點出壯志未酬之憾。這種以末一句推翻之前九句的布局方式，確實有「大風陡起，巨浪掀天」的藝術效果（見以下「析評」顧隨所言），不僅在宋詞中少見，綜觀其他古典詩文，也少有此等腕力與創舉。

析評

陳廷焯《雲韶集》卷5：字字跳擲而出，「沙場」五字，起一片秋聲，沉雄悲壯，凌轢千古。

顧隨《稼軒詞說》：一首詞，前後片共是十句。前九句，眞是海上蜃樓突起，若者爲城郭，若者爲樓閣，若者爲塔寺，爲盧屋，使見者目不暇給。待到「可憐白髮生」，又如大風陡起，巨浪掀天，向之所謂城郭、樓閣、塔寺、盧屋也者，遂俱歸幻滅，無影無蹤，此又是何等腕力，謂之爲率，又不可也。

胡雲翼《宋詞選》：這首詞極寫抗金部隊壯盛的軍容，橫戈躍馬的戰鬥生活，以及恢復祖國河山的勝利的幻想：這些都是作者醉夢中所不能忘懷的。但是他的幻想終於被「可憐白髮生」的現實碾碎了。詞中交織著主人公忠君愛國思想和個人功名觀念的複雜成分，及其壯志不酬的悲憤心情。

〈菩薩蠻〉（書江西造口[1]壁）

鬱孤臺[2]下清江[3]水，中間多少行人淚。西北望長安[4]，可憐無數山。　　青山遮不住，畢竟東流去。江晚正愁予[5]，山深聞鷓鴣[6]。

1 造口：今江西省萬安縣西南六十里，有皂口（又名「造口」）溪水自此入贛江。

2 鬱孤臺：宋代名勝地，位於今江西贛縣，因其有「隆阜鬱然，孤起平地數丈」之形容，故名之。

3 清江：贛江與袁江合流處，此專指贛江。

4 長安：漢、唐的首都，今陝西省西安市，此代指北宋都城汴京。

5 愁予：使我愁緒滿懷。

6 鷓鴣：鳥名，體型似雞，叫聲如「行不得也哥哥」，啼聲悽苦，多用於表示思鄉。

導讀

　　辛棄疾在宋孝宗淳熙三年（1176）任江西提刑時，常經行造口，結合題序的「書江西造口壁」，及南宋羅大經《鶴林玉露》所載：宋室南渡時，金人曾追擊隆祐太后的御舟至造口，不及而還。可知本詞感慨之意，應與這段史事有關。

　　詞作上片，以眼前登鬱孤臺所見的山水興感。臺下的流水，讓人聯想到昔日隆祐太后被金人追擊的的血淚；詞中的「望長安」，代指被金人佔領的汴京（今河南開封），因眼前的「無數山」遮斷視線而無法望見，可見中原淪陷，尚未收復。

　　詞作下片，筆力一振，以青山終究遮不住江水東流，暗寓收復中原的志意，終究能衝破重重險阻。末兩句又以愁聞鷓鴣聲作結，收束詞中無限悲憤之意。

　　本詞最受爭議的，莫過於詞末兩句。由於鷓鴣鳥的叫聲近於「行不得也」，常予人有「行事難成」的負面聯想。若依羅大經《鶴林玉露》所言，末兩句乃辛棄疾認為「恢復之事行不得也」，後代詞評家如許昂霄、陳廷焯等人都認同此說。但今人鄧廣銘則持不同意見，認為辛棄疾恢復中原素志，一生未曾更改，何況本詞為早年之作，可見

「恢復之事行不得」非出自辛棄疾，由「山深聞鷓鴣」一句推論，應是朝中反對北伐的「主和」派者論點，讓一向主戰北伐的辛棄疾不免要聞後發愁、悲憤莫名了。

析評

〔南宋〕羅大經《鶴林玉露》卷4：南渡之初，虜人追隆祐太后御舟至造口，不及而還，幼安自此起興。「聞鷓鴣」之句，謂恢復之事行不得也。

〔清〕許昂霄《詞綜偶評》：此詞寓意，《鶴林玉露》言之最當。

〔清〕陳廷焯《雲韶集》卷5：血淚淋漓，古今讓其獨步。結二語號呼痛哭，音節之悲，至今猶隱隱在耳。

唐圭璋《唐宋詞簡釋》：此首書江西造口壁，不假雕繪，自書悲憤。小詞而蒼莽悲壯如此，誠不多見。蓋以真情鬱勃，而又有氣魄足以暢發其情。起從近處寫水，次從遠處寫山。下片，江山水打成一片，慨嘆不盡。末句以愁聞鷓鴣作結，尤覺無限悲憤。

鄧廣銘《稼軒詞編年箋注》卷1：稼軒詞中屢以「西北」喻中原神州，此詞亦以西北長安喻宋之故都汴京，藉寓北歸願望。羅大經謂「聞鷓鴣」之句謂「恢復之事行不得也」，殊為差謬。稼軒一生奮發有為，其恢復素志、勝利信心，由壯及老，不曾稍改，何得在南歸未久即生「恢復之事行不得」之念哉！

〈鷓鴣天〉（送人）

唱徹陽關[1]淚未乾，功名餘事且加餐[2]。浮天水送無窮樹[3]，帶雨雲埋一半山。　　今古恨，幾千般，只應離合是悲歡[4]？江頭[5]未是風波惡，別有人間行路難[6]。

1 陽關：即陽關曲，又名渭城曲，唐人王維〈送元二使安西〉：「渭
　城朝雨浥輕塵，客舍青青柳色新。勸君更進一杯酒，西出陽關無故
　人。」後世唱之為送別曲。

2 功名餘事且加餐：功名不過是不相干的小事，還是以努力加餐，多
　保重為要。

3 浮天水送無窮樹：水天相連，彷彿將岸旁樹木送向無盡的遠方。

4 只應離合是悲歡：難道只有離別與相逢才會引發悲哀或歡喜之情
　嗎？只應，豈只。

5 江頭：江面渡頭。

6 別有人間行路難：人間行路卻是更為艱難。別有，更有。行路難，
　本指樂府雜曲歌名，《樂府古題要解》記載：「備言世路艱難及離
　別悲傷之意。」此形容世途艱難。

導讀

　　本詞是辛棄疾於宋孝宗淳熙五年（1178）春，於江上送別友人所
作。

　　歷來送別之作，多由眼前景物逗起離別之情，如李白〈送友
人〉：「青山橫北郭，白水繞東城。此地一為別，孤蓬萬里征。」
或是王維〈送元二使安西〉（按：又名〈渭城曲〉）：「渭城朝雨浥輕
塵，客舍青青柳色新。勸君更進一杯酒，西出陽關無故人。」都是典
型的「先景後情」的送別詩結構。

　　本詞上片卻先敘離情，以「功名」不過「餘事」，唯有努力加
餐、保重身體來勸勉友人。三、四兩句的「天無窮」與「山半埋」，
既是眼前所見場景，也有仁人君子遠離天子朝堂、壯志沈埋的寓意。

　　詞作下片，除了第三句的「江頭未是風波惡」，是結合眼前江景
抒發送別之意，其餘都是送別的離情與慨嘆。但與「今古恨、幾千
般」相較，「離情」不過恨事的一部分而已；同樣的，眼前的「風

波」之惡與「人間行路難」相較，更是不值得一提。

全詞既有辛棄疾送別友人，勉其別後珍重之意，也有辛棄疾藉題發揮，抒發壯志未酬、仕途受挫的牢騷憾恨。

析評

俞陛雲《唐五代兩宋詞選釋》：此闋寫景而兼感懷，江樹盡隨天遠。好山則半被雲埋，人生欲望，安有滿足之時？況世途艱險，過於太行、孟門，江間波浪，未極其險也。

〈青玉案〉（元夕）

東風夜放花千樹[1]。更吹落、星[2]如雨。寶馬雕車香滿路，鳳簫[3]聲動，玉壺[4]光轉，一夜魚龍舞[5]。　　蛾兒雪柳黃金縷[6]，笑語盈盈[7]暗香去。眾裡尋他千百度，驀然回首，那人卻在，燈火闌珊[8]處。

注釋

1 花千樹：形容燈火之多，如千樹花開一般。
2 星：此指漫天閃爍的燈火。
3 鳳簫：簫的美稱，相傳古有蕭史、弄玉二人，善於吹簫，其聲如鳳，引來鳳凰止其屋，故名之。
4 玉壺：指精美的花燈。
5 魚龍舞：舞弄著魚形、龍形的花燈。
6 蛾兒雪柳黃金縷：《武林舊事·元夕》記載：「元夕節物，婦人皆戴珠翠、鬧蛾、玉梅、雪柳……。」黃金縷，指鵝黃色的柳絲。此三種都是宋代婦女在元宵節配戴的三種頭飾，以彩綢或彩紙製成，此用以代指盛裝出遊賞燈的女子。
7 盈盈：形容婦女說笑時美妙動人的神態。
8 闌珊：此形容燈火稀少微暗的樣子。

　　本詞題爲「元夕」。詞作上片由視覺（花千樹、星如雨、玉壺光轉、魚龍舞）、嗅覺（香滿路）與聽覺（鳳簫聲動），結合了花燈、煙火、車馬、樂聲與燈月爭輝的場景，極寫元宵燈節時的繁華勝景。

　　詞作下片，由眼前的燈景轉到看花燈的「人」影。在一群盛裝出遊的婦女中，忽與一位「笑語盈盈暗香去」的佳人偶然交會，卻又轉眼失之交臂。「衆裡尋他」以下四句，便是作者努力追尋佳人，最終在燈火闌珊處覓得的過程。

　　由於詞作在兩人重逢時戛然而止，詞中的旖旎情思，引人遐想，是《稼軒詞》中較少見的作品，歷來遂多以之爲「別有寄託」，或以之爲「自憐幽獨」（見「析評」所附胡雲翼語），流傳最廣泛的，莫過於王國維《人間詞話》以之爲「古今成大事業、大學問者」必經的第三種境界，亦即努力付出後，成功終究會在不經意時（燈火闌珊處）到來，將本詞由「元夕艷遇」的本意，轉換爲具有勵志奮發的內涵，堪稱是「作者之用心未必然，讀者之用心不必不然」的解讀範例。

　　王國維《人間詞話》云：古今之成大事業、大學問者，必經過三種之境界：「昨夜西風凋碧樹。獨上高樓，望盡天涯路。」此第一境也。「衣帶漸寬終不悔，爲伊消得人憔悴。」此第二境也。「衆裡尋他千百度，驀然回首，那人卻在燈火闌珊處。」此第三境也。此等語皆非大詞人不能道。

　　胡雲翼《宋詞選》：陳廷焯《白雨齋詞話》說「稼軒最不工綺語」，並且指出「驀然回首，那人卻在、燈火闌珊處」，「亦了無餘味」，這顯然是無視於作者的別有寄託。作者追慕的是一個不同凡俗、自甘寂寞，而又有些遲暮之感的美人，這所反映的正是他自己在政治失意以後，寧願閒居，不肯同流合污的品質。梁啓超稱這首詞「自憐幽獨，傷心人別有懷抱」（梁令嫻《藝蘅館詞選》引語），也是認爲有所寄託的。

〈水調歌頭〉 (盟鷗[1])

帶湖[2]吾甚愛，千丈翠奩[3]開。先生杖屨[4]無事，一日走千回。凡我同盟鷗鷺，今日既盟之後，來往莫相猜[5]。白鶴在何處？嘗試與偕來。　　破青萍，排翠藻，立蒼苔[6]。窺魚笑汝癡計，不解舉吾杯[7]。廢沼荒丘疇昔[8]，明月清風此夜，人世幾歡哀？東岸綠陰少，楊柳更須栽。

注釋

1 盟鷗：借用與鷗鳥約盟為友的典故，表達決意歸隱之意。出自《列子·黃帝篇》：「海上之人有好鷗鳥者，每旦之海上，從鷗鳥游，鷗鳥之至者百住而不止。其父曰：『吾聞鷗鳥皆從汝游，汝取來，吾玩之。』明日之海上，鷗鳥舞而不下也。」

2 帶湖：辛棄疾退休後耕種之地，位於今江西省上饒市，以其「澄湖如寶帶」（洪邁〈稼軒記〉）而得名。

3 翠奩：翠綠色的鏡匣，此形容湖水之碧綠晶瑩。奩，附有鏡子的梳妝盒。

4 杖屨：手持竹杖，穿著草鞋，借指出遊。屨，以麻或葛等植物編成的草鞋。

5 凡我同盟鷗鷺，今日既盟之後，來往莫相猜：辛棄疾自言與鷗鳥交好，往來不再相互猜忌。出自《左傳·僖公九年》：「齊侯盟諸侯于葵丘，曰：『凡我同盟之人，既盟之後，言歸於好。』」

6 破青萍，排翠藻，立蒼苔：鷗鳥站在水邊青苔上，撥動浮萍，排開綠藻，以伺機捕魚。

7 窺魚笑汝癡計，不解舉吾杯：笑鷗鷺但知窺魚求食，不了解我舉杯遣懷之意。

8 疇昔：從前。

　　南宋孝宗淳熙八年（1181），辛棄疾被彈劾罷官後，便在江西帶湖附近築室歸隱，並將居處題爲稼軒，且以之爲號。據鄧廣銘《稼軒詞編年箋注》卷2〈帶湖之什〉統計，辛棄疾在閒居期間，共寫了176首詞。本詞爲淳熙九年（1182）春新居落成後所作。詞作以「盟鷗」爲題，係化用《列子・黃帝篇》之「鷗鳥忘機」與《左傳・僖公九年》「齊侯盟諸侯於葵丘」的典故，表明其歸隱後，欲與鷗鷺同盟，擺脫人世機心的情志。

　　詞作上片，以「帶湖吾甚愛」開頭，既有「千丈翠奩開」的湖光山色，又有讓人忘卻機心的鷗鳥、鷺鷥與白鶴。詞作下片「破青萍，排翠藻，立蒼苔」，寫鷗鷺窺魚覓食的狀態，觀察細膩生動。「廢沼荒丘」以下三句，由眼前新居的今昔變化，引出「人世幾歡哀」的感悟。既然世事無常，詞末二句「東岸綠陰少，楊柳更須栽」，以好好經營眼前的帶湖新居之意作結，與首句「帶湖吾甚愛」的「愛」字，也有首尾呼應的作用。

　　詞作雖是寫辛棄疾隱居帶湖、物我同趣之意，背後實有被迫罷官、不得不隱的悲憤與落寞。本詞爲人稱道的另一項特色是「運典渾成，如自己出」，不論是題詞的「鷗盟」，或是詞中的「凡我同盟鷗鷺，今日既盟之後，來往莫相猜」，都顯得流暢渾自如，後人無其功力而妄學其用典者，往往落入掉書袋的「惡道」，也可見辛棄疾「以文爲詞」（以散文句法入詞）的創作特色，實爲後人所不能及。

　　〔南宋〕陳鵠《西塘集耆舊續聞》卷5：近日辛幼安作長短句，有用經語者，〈水調歌頭〉云：「凡我同盟鷗鷺，今日既盟之後，來往莫相猜。」亦爲新奇。

　　〔清〕李調元《雨村詞話》卷3：辛稼軒詞肝膽激烈，有奇氣，腹有詩書，足以運之，故喜用《四書》成語，如自己出。如「今日既

盟之後」、「賢哉回也」、「先覺者賢乎」等句，爲詞家另一派。然學之稍粗則墮惡道。其時爲稼軒客如龍州劉過，每學其法，時多稱之，然失之粗劣。

〔清〕陳廷焯《白雨齋詞話》卷6：稼軒詞有以樸處見長，愈覺情味不盡者。如〈水調歌頭〉結句云：「東岸綠陰少，楊柳更須栽。」信手拈來，便成絕唱，後人亦不能學步。

〈清平樂〉（村居）

　　茅簷[1]低小，溪上青青草。醉裡吳音相媚好[2]，白髮誰家翁媼[3]？　　大兒鋤豆溪東，中兒正織雞籠。最喜小兒無賴[4]，溪頭臥剝蓮蓬。

注釋

1 茅簷：茅屋的屋簷。
2 醉裡吳音相媚好：含著醉意講出的南方話，聽起來格外悅耳。吳音，吳地方言，可泛指南方話。媚好，語音柔媚悅耳。
3 翁媼：老翁與老婦。
4 無賴：閒蕩無事、頑皮的樣子。

導讀

　　辛棄疾在罷官歸隱「帶湖」後所寫的詞作，除了回憶昔日戰場殺敵的豪情壯志外，也有二十多首「農村詞」。這些詞作多用白描手法，描繪農村風光與人物情態，透過本詞，可體會這類詞作自然生動、情味盎然的意趣。

　　本詞題爲「村居」，完整的說法應該是「村居所見農民生活圖」。首句以「茅簷低小，溪上青青草」，點出農村居民的生活環境，全詞也以茅簷、小溪爲背景，記述屋中一家老小的人物活動。

　　「老」的部分，有白髮翁媼飲酒聊天的情形，詞中「醉裡吳音相

媚好」一句，體現老年夫妻爲伴的溫暖情致。「小」的部分，分別有鋤豆溪東的大兒、編織雞籠的中兒，更有無所事事、臥剝蓮蓬的小兒。末句的「臥」字，更將小兒的情態與樣貌寫得栩栩如生，躍然紙上。

　　本詞之外，稼軒詞集中尚有不少清新自描、自然有味的農村詞，與好用典故、沈雄悲壯的戰爭詞明顯有別。以下節錄數首詞作，以供參考。

- 北隴田高踏水頻，西溪禾早已嘗新。隔牆沽酒煮纖鱗。　　忽有微涼何處雨，更無留影霎時雲。賣瓜人過竹邊村。（〈浣溪沙〉）
- 明月別枝驚鵲，清風半夜鳴蟬。稻花香裡說豐年，聽取蛙聲一片。　　七八個星天外，兩三點雨山前。舊時茅店社林邊，路轉溪橋忽見。（〈西江月〉）
- 連雲松竹，萬事從今足。拄杖東家分社肉，白酒床頭初熟。　　西風梨棗山園，兒童偷把長竿。莫遣旁人驚去，老夫靜處閒看。（〈清平樂〉）
- 柳邊飛鞚，露濕征衣重。宿鷺窺沙孤影動，應有魚蝦入夢。　　一川明月疏星，浣紗人影娉婷。笑背行人歸去，門前稚子啼聲。（〈清平樂〉）
- 陌上柔桑破嫩芽，東鄰蠶種已生些。平岡細草鳴黃犢，斜日寒林點暮鴉。　　山遠近，路橫斜，青旗沽酒有人家。城中桃李愁風雨，春在溪頭薺菜花。（〈鷓鴣天〉）
- 三三兩兩誰家女，聽取鳴禽枝上語。提壺沽酒已多時，婆餅焦時須早去。　　醉中忘卻來時路，借問行人家住處。只尋古廟那邊行，更過溪南烏柏樹。（〈玉樓春〉）

析評

　　胡雲翼《宋詞選》：這首詞環境和人物的搭配，是一幅極勻稱自然的畫圖。老和小寫得最生動。「臥剝蓮蓬」正是「無賴」的形象化。

　　彭玉平《唐宋詞舉要》：詞人涉筆成趣，從溪東到茅檐到溪頭，視點跳躍，而且人物和動作及其年齡特徵非常協調，站著鋤豆，坐著織籠，臥剝蓮蓬，亦錯落有序。

<h2 style="text-align:center">〈西江月〉（遣興）</h2>

　　醉裡且貪歡笑，要愁那得工夫？近來始覺古人書，信著全無是處。　　昨夜松邊醉倒，問松：我醉何如[1]？只疑松動要來扶。以手推松曰：去[2]！

注釋

1 我醉何如：我的醉態看起來怎麼樣？
2 以手推松曰去：本句化用《漢書·龔勝傳》：「博士夏侯常見（龔）勝應祿不和，起至勝前謂曰：『宜如奏所言。』勝以手推常曰：『去！』」

導讀

　　本詞題為「遣興」，詞中前兩句卻表明目前沈醉酒鄉，無「愁」可遣，可謂正話反說，是辛棄疾晚年借酒澆愁，「透露出他那不滿現實的思想感情和倔強的生活態度」（見「析評」所附夏承燾語）。

　　詞作上片醉後狂言。由於「醉」後能讓人一晌貪歡，暫時忘卻憂愁煩惱，相形之下，古書中所推崇的仁義道德或是待人處世之道，在是非混淆、價值錯亂的時代，反倒是「信著全無是處」。而對「古人書」的否定，其實是「對當時政治上沒有是非和古人至理名言被拋棄

的現狀，發出的激憤之辭。」（見「析評」所附胡雲翼語）。

詞作下片則是醉後狂態。透過「問松何如」的對話、「疑松來扶」的神情、「推松曰去」的動作次第開展，尤其是「以手推松曰去」一層，最能展現出辛棄疾醉後仍倔強不倚的內在性格。

全詞有人、松之間的對話及動作，一氣呵成，平白如話，實則「近來始覺古人書，信著全無是處」與「以手推松曰『去』」，先後化用了《孟子·盡心下》的「盡信書不如無書」，與《漢書·龔勝傳》的典故。既可見辛棄疾運典自若的文字功力，也是一首體現其「以文為詞」的作品。

析評

胡雲翼《宋詞選》：作者說古人書「信著全無是處」，意思不是菲薄古人，否定一切古書的意義，而是針對當時政治上沒有是非和古人至理名言被拋棄的現狀，發出的激憤之辭。詞中寫醉態、狂態，都是對政治現實不滿的一種表示。

夏承燾《唐宋詞欣賞》：這首詞題目是「遣興」，從詞的字面看，好像是抒寫悠閒的心情，但骨子裡卻透露出他那不滿現實的思想感情和倔強的生活態度。

〈沁園春〉（靈山齊庵賦，時築偃湖未成）

疊嶂西馳，萬馬迴旋[1]，眾山欲東。正驚湍[2]直下，跳珠倒濺；小橋橫截，缺月初弓。老合投閒[3]，天教多事，檢校[4]長身[5]十萬松。吾廬小，在龍蛇影[6]外，風雨聲中。　　爭先見面重重[7]。看爽氣、朝來三數峰[8]。似謝家[9]子弟，衣冠磊落；相如庭戶[10]，車騎雍容。我覺其間，雄深雅健[11]，如對文章太史公。新堤路，問偃湖何日，煙水濛濛？

1 疊嶂西馳，萬馬迴旋：山峰相疊地向西而去，如千萬匹馬旋轉奔
　馳。疊嶂，重重相疊的山峰。

2 驚湍：急流，此指從山上而下的飛泉瀑布。

3 老合投閒：年老應該過著閒散的日子。合，應該。投閒，置身於清
　閒境地。

4 檢校：管理，查核。

5 長身：此指松樹的高大。

6 龍蛇影：形容松樹盤曲的身影如同龍蛇之形。

7 爭先見面重重：指雨霧散去後，層疊的山峰顯現，宛如欲爭相與人
　相見。

8 爽氣朝來：朝來群峰送爽，沁人心脾。《世說新語·簡傲》：王子
　猷（徽之）作桓車騎參軍，桓謂王曰：「卿在府久，比當相料理。
　」初不答，直高視，以手版拄頰云：「西山朝來，致有爽氣。」

9 謝家：指東晉陳郡的謝氏望族，為當時的士族領袖。

10 相如庭戶：指西漢司馬相如家中。庭戶，門戶。

11 雄深雅健：形容文章風格雄放、深邃、高雅、剛健。《新唐書·柳
　宗元傳》引韓愈評柳宗元文曰：「雄深雅健，似司馬子長。」指柳
　宗元文章有司馬遷「雄深雅健」的風格。

　　本詞是辛棄疾在宋寧宗時二度被罷官，落職閒居帶湖時所作。由
題序的「寧山齊庵賦」，可知詞中所寫的是江西上饒西部的靈山風
光。

　　詞作上片，先客觀的書寫靈山群峰東西交疊的遠景之美（「疊嶂
西馳」三句），近景有瀑布直下、水珠跳濺，水面上更有一彎猶如缺
月的小橋，共同建構靈山秀麗山水風光。「老合投閒」以下，本是辛
棄疾罷官後投閒松林，卻以嘲諷詼諧的口吻，刻意說成自己年紀老

大，上天還多事安排他來檢校十萬長松大軍。以下順勢帶出自己松林間的小廬，在「龍蛇影外，風雨聲中」，既是寫樹影與水聲，若結合辛棄疾被黜罷官的背景，恐怕也有對政治迫害的危慮。

詞作下片，一連運用三個典故及譬喻，抒發其對靈山「爽氣朝來」的主觀感受：風度磊落如東晉謝家子弟，氣派雍容如西漢司馬相如的車騎隨從，雄深雅健有如閱讀《史記》時的感受。也因此，詞末「新堤路，問偃湖何日，煙水濛濛」，不僅呼應詞題的「築偃湖未成」，也表達偃湖早日築成的期盼，讓住處不僅有群山疊嶂，也有煙水濛濛的好風光。

一般人寫山水景色，常寫其靜態或具體形象，本詞卻能別出心裁，將靜態的群山比擬為回旋奔馳的萬馬，或以歷史人物的抽象概念（如衣冠磊落、車騎雍容、雄深雅健），來譬喻眼前山巒所予人的不同感受。從中不僅可見辛棄疾的「筆力之峭」（「析評」所附吳衡照評語），也是其內在學養襟抱的流露（「析評」所附顧隨評語）。

析 評

〔清〕吳衡照《蓮子居詞話》：辛稼軒別開天地，橫絕古今，《論》、《孟》、《詩‧小序》、《左氏春秋》、《南華》、《離騷》、《史》、《漢》、《世說》、選學、李杜詩，拉雜運用，彌見其筆力之峭。

顧隨《稼軒詞說》：自來作家寫山，皆是淡遠幽靜，再則寫他突兀峻厲。稼軒此詞，開端便以萬馬喻群山，而且是此萬物也者，西馳東旋，跛足鬱怒，氣勢固已不凡，更喜作者羈勒在手，故作驅馳如意。真乃倒流三峽，力挽萬牛手段。他胸中原自有此鬱勃底境界，所以群山到眼，隨手寫出，自然如是。換頭如下，便寫出「磊落」、「雍容」、「雄深雅健」，有見解，有修養，有胸襟，有學問，真乃擲地有聲。後來學者，上焉者硬語盤空，只成乖戾；下焉者使酒罵座，一味叫囂，相去豈止萬里。

〈賀新郎〉（邑中園亭，僕皆為賦此詞。一日，獨坐停雲[1]，水聲山色，
競來相娛，意溪山欲援例者，遂作數語，庶幾彷彿淵明思親
友[2]之意云）

　　甚矣吾衰矣[3]！恨平生、交遊零落，只今餘幾？白髮空垂
三千丈[4]，一笑人間萬事。問何物能令公喜？我見青山多嫵
媚[5]，料青山、見我應如是。情與貌，略相似。　　一尊搔首
東窗裡[6]，想淵明、〈停雲〉詩就[7]，此時風味。江左沉酣求名
者[8]，豈識濁醪[9]妙理。回首叫、雲飛風起。不恨古人吾不見，
恨古人、不見吾狂耳！知我者，二三子[10]。

注釋

1 停雲：停雲堂，辛棄疾晚年築以遊息之所，位於今江西省鉛山縣。

2 淵明思親友：此指晉人陶潛〈停雲〉詩序曰：「停雲，思親友也。」

3 甚矣吾衰矣：我已經很衰老了。出自《論語‧述而》：「甚矣，吾
　衰也！久矣，吾不復夢見周公！」

4 白髮空垂三千丈：多年來只是徒然老去而已。化用李白〈秋浦
　歌〉：「白髮三千丈，緣愁似箇長。」

5 嫵媚：形容景致優美動人。

6 一尊搔首東窗裡：指在窗前把酒佇立，怡然自得。

7 淵明〈停雲〉詩就：陶潛〈停雲〉有「靜寄東軒，春醪獨撫。良朋
　悠悠，搔首延佇。」之句，抒發其獨飲思友之意。詩就，詩作完
　成、寫就之意。

8 江左沉酣求名者：指極渴求功名利祿的主和派人士。江左，江蘇南
　方一帶，此借指南宋主和派。沉酣，醉心於某種活動或境界。

9 濁醪：混濁的酒。醪，混合渣滓的濁酒。

10 二三子：諸位。出自《論語‧述而》：「子曰：『二三子以我為隱
　乎？吾無隱乎爾。吾無行而不與二三子者，是丘也。』」

　　辛棄疾詞集中，常見其對陶淵明的景仰之情。如言：「陶縣令，是吾師」（〈最高樓〉）；「老來曾識淵明，夢中一見參差是。」（〈水龍吟〉）；「暮年不賦短長詞，和得淵明數首詩。」（〈瑞鷓鴣〉）；或是「斜川好景，不負淵明」（〈沁園春・再到期思卜築〉）。甚至連邑中園亭新建完成，命名爲「停雲」，也取自陶淵明的〈停雲〉詩。由本詞題序「獨坐停雲……作數語，庶幾彷彿淵明思親友之意」，可見係取法陶淵明〈停雲〉詩「思親友」之意，也是一首辛棄疾在罷官歸隱後，向心目中的人格典範——陶淵明「致敬」的詞作。

　　詞作上片，由「甚矣吾衰矣」的慨嘆，回顧平生交遊，如今零落無幾，呼應題序的「思親友」主題。既然交遊零落，百無聊賴，只能自娛自喜，與眼前的青山因「情與貌，略相似」，而相看兩不厭。詞意雖然化用李白〈獨坐敬亭山〉的「衆鳥高飛盡，孤雲獨去閒。相看兩不厭，只有敬亭山。」卻能自出機杼，別有新意。

　　詞作下片，由與青山相看不厭之「喜」，轉爲無法獲得古人賞知之「恨」。首三句的「一尊搔首東窗裡，想淵明〈停雲〉詩就，此時風味」，由獨酌而聯想到陶淵明〈停雲〉詩「靜寄東軒，春醪獨撫。良朋悠邈，搔首延佇」，詩中的獨飲思友之意，是本詞上片的「悵平生、交遊零落，只今餘幾」之感；而陶淵明的「量力守故轍，豈不寒與飢？知音苟不存，已矣何所悲！」（〈詠貧士〉）的守志固節，不以貧賤易心，有別於「江左沈酣求名者」，也正是辛棄疾賞愛陶淵明的緣由。以下「不恨古人吾不見，恨古人不見吾狂耳」，儼然將陶淵明視爲穿越時空的知己。詞末以「知我者，二三子」收結，表明雖然無法與古人交心同遊，但至少還有二三知己聊可安慰，再度回應題序「思親友」之意。

　　據南宋岳珂《桯史》記載（參見以下「析評」），詞中的「我見青山多嫵媚，料青山見我、應如是」，以及「不恨古人吾不見，恨古人

不見吾狂耳」，是辛棄疾的得意警句，宴席上每逢侍姬歌唱至此，往往「拊髀自笑」（拍打大腿、雀躍自喜）。當今學者也指出，本詞實有總結辛棄疾生平的意味。透過本詞，實可得見辛棄疾罷官歸隱後，或寄情於外物，或求知於古人的生命意趣。

析 評

　　〔南宋〕岳珂《桯史‧稼軒論詞》：稼軒有詞名，每燕（宴客）必命侍姬歌其所作。特好歌〈賀新郎〉一詞，自誦其警句曰：「我見青山多嫵媚，料青山見我應如是。」又曰：「不恨古人吾不見，恨古人不見吾狂耳。」每至此，輒拊髀自笑，顧問坐客何如，皆嘆譽如出一口。

　　彭玉平《唐宋詞舉要》：從稼軒逢宴而自誦其中警句的現象來看，這首詞確有總結生平的意味。稼軒特為拈出的「我見青山多嫵媚，料青山見我應如是」及「不恨古人吾不見，恨古人不見吾狂耳」兩句，實是代表了他兩種不同的人生意趣，值得我們關注。

<h3 style="text-align:center">〈永遇樂〉（京口北固亭懷古）</h3>

　　千古江山，英雄無覓、孫仲謀處[1]。舞榭歌台，風流總被、雨打風吹去。斜陽草樹，尋常巷陌，人道寄奴[2]曾住。想當年，金戈鐵馬，氣吞萬里如虎[3]。　　元嘉草草[4]，封狼居胥[5]，贏得倉皇北顧[6]。四十三年[7]，望中猶記、烽火揚州路[8]。可堪回首，佛貍祠下[9]，一片神鴉社鼓[10]。憑誰問、廉頗老矣[11]，尚能飯否？

注 釋

1 孫仲謀處：三國孫權字仲謀，曾鎮守京口，擊敗北方曹操的軍隊。
2 寄奴：南朝宋武帝劉裕的小名，京口為其發祥地。

3 氣吞萬里如虎：指宋武帝仕晉時，曾率軍北伐，盡復中原失地。

4 元嘉草草：指宋文帝劉好大喜功，倉促北伐，反遭北魏太武帝以騎兵南下重創。元嘉，南朝宋文帝劉義隆的年號。草草，輕率。

5 封狼居胥：表示要北伐立功。《宋書·王玄謨傳》：「玄謨每陳北侵之策，上（按：宋文帝劉義隆）謂殷景仁曰：『聞玄謨陳說，使人有封狼居胥意。』」亦即宋文帝因王玄謨的鼓動而有北伐之志。狼居胥，一名狼山，位於今內蒙古西北部。《史記》記載霍去病追擊匈奴，至狼居胥封山而還。

6 贏得倉皇北顧：看到北方追來的敵軍便慌張失色。贏得，只落得。

7 四十三年：辛棄疾於宋高宗紹興三十二年（1162），從北方抗金南歸，至宋寧宗開禧元年（1205），任鎮江知府登北固亭寫此闋詞時，共歷四十三年。

8 烽火揚州路：指當年揚州地區，到處都是抗擊金兵南侵的戰火烽煙。路，宋朝時的行政區域畫分。

9 佛狸祠下：寫敵佔區的廟宇裡香火旺盛，表示土地人民已非我有。佛狸祠，北魏太武帝（字佛狸）在擊敗南朝宋王玄謨的軍隊以後，在長江北岸瓜布山上建立行宮，即後來的佛狸祠。

10 一片神鴉社鼓：廟裡吃祭品的烏鴉叫聲和鼓聲響成一片。

11 廉頗老矣：此句表示自己雖老，但和廉頗一樣具有雄心，卻無人聞問。廉頗，戰國時趙國名將。廉頗被免職後，跑到魏國，趙王想再用他，派人去看他的身體情況。《史記·廉頗藺相如列傳》記載：「趙使者既見廉頗，廉頗為之米飯一斗，肉十斤，被甲上馬，以示尚可用。趙使者還報王曰：『廉將軍雖老，尚善飯，然與臣坐，頃之三遺矢（屎）矣。』趙王以為老，遂不召。」

導讀

　　本詞寫於宋寧宗開禧元年（1205），因朝廷有北伐之意，辛棄疾遂在投閒置散近二十年後，再度被派任為鎮江知府。詞題中的「京口

北固亭」位於鎮江城北的北固山上，本詞為辛棄疾登亭懷古所作。

詞作上片，首二句即縮合「江山」與「英雄」，從而帶出曾在京口活動的英雄人物：稱雄江左的三國孫權，與曾北伐中原的南朝宋武帝劉裕。由於南宋朝廷此時也有意北伐抗金，詞中的「想當年，金戈鐵馬，氣吞萬里如虎」，既是緬懷兩度揮戈北伐的劉裕，也有藉此鼓舞朝廷士氣的用心。

詞作下片，先以南朝宋文帝劉義隆曾僥倖北伐，以致「贏得倉皇北顧」的歷史教訓，提醒南宋朝廷不可草率用兵，重蹈覆轍。「四十三年」以下三句，則是回憶自己四十三年前率眾抗金的過往事，如今依然歷歷在目。但登高遠眺，只見敵佔區的廟宇香火鼎盛，「一片神鴉社鼓」，百姓早已安於金人的統治，忘了昔日「烽火揚州路」的血腥與恥辱。詞末以「憑誰問、廉頗老矣，尚能飯否」的疑問句作結，既表明自己老當益壯，報國之心不減，也憂慮未來是否會如戰國名將廉頗般，落得為奸人所害、壯志未酬的下場。北伐前夕，辛棄疾果然以「好色貪財，淫刑聚斂」的罪名被罷免官職，坐實了他內在深切的憂慮。

據南宋岳珂《桯史》所載，本詞是辛棄疾在〈賀新郎〉（甚矣吾衰矣）之外的另一首得意之作，尤其是上片的「千古江山，英雄無覓，孫仲謀處」、「尋常巷陌，人道寄奴曾住」，以及下片的「可堪回首，佛狸祠下，一片神鴉社鼓」、「憑誰問，廉頗老矣，尚能飯否」，更是其擊節自賞之處。詞中雖有「用事多」的缺失（見「析評」所附岳珂之言），但由於詞中典故與人名，皆與「京口」密切相關，所興發的感慨也切合南宋時局，絕非無病呻吟，明人楊慎故而譽之為「稼軒詞中第一」，在今人王兆鵬等人合編的《宋詞排行榜》中，本詞也是辛詞入選排名最高者。

本詞之外，《稼軒詞》集中另有一首題為「登京口北固亭有懷」的〈南鄉子〉，與本首的寫作背景及詞境是相近的，附之於後供讀者對照、參考。

【附錄】

〈南鄉子〉（登京北固亭有懷）

　　何處望神州？滿眼風光北固樓。千古興亡多少事？悠悠，不盡長江滾滾流。　　　年少萬兜鍪，坐斷東南戰未休。天下英雄誰敵手？曹劉，生子當如孫仲謀。

析評

　　〔南宋〕岳珂《桯史・稼軒論詞》：（稼軒作〈永遇樂〉），特置酒召數客，使妓迭歌，益自擊節，遍問客，必使摘其疵，遜謝不可。……余曰：「前篇（按：指〈賀新郎〉之「甚矣吾衰矣」一首）豪視一世，獨首尾二腔警語差相似；新作（按：即本詞）微覺用事多耳。」於是大喜，酌酒而謂坐中曰：「夫君實中予痼。」

　　〔明〕楊慎《詞品》：稼軒詞中第一。發端便欲涕落，後段一氣奔注，筆不得遏。廉頗自擬，慷慨壯懷，如聞其聲。謂此詞用人名多者，當是不解詞味。辛詞當以「京口北固亭懷古」〈永遇樂〉為第一。

　　〔清〕田同之《西圃詞說》：今人論詞，動稱辛、柳，不知稼軒詞以「佛狸祠下，一片神鴉社鼓」為最，過此則頹然放矣。耆卿詞以「關河冷落，殘照當樓」與「楊柳岸、曉風殘月」為佳，非是則淫以褻矣。此不可不辨。

姜　夔

　　姜夔（1155-1209），字堯章，饒州鄱陽（今江西省鄱陽縣）人，因寓居處與白石洞天為鄰，愛其勝景，自號白石道人。早年隨父宦遊，居於漢陽、長沙一帶，後家居浙江吳興，漫遊蘇、杭、揚、淮之間。姜夔生性淡泊，氣貌高雅，一生未曾仕宦，以布衣身分遊走公卿之間，與范成大、楊萬里皆有往來。

　　姜夔富有文學藝術才能，能詩詞，工翰墨，尤精通音律樂器，卻未能如周邦彥任職大晟樂府。詞作音調協婉，結構綿密，詞風清空淡雅，極富想像，使人讀後神觀飛越。但也因為用典繁富，王國維《人間詞話》故而謂其詞為「有格無情」，亦即詞作雖然格律高絕，但詞中的感情卻令人如霧裡看花，終隔一層。

　　姜夔傳世的作品中，有 17 首註明工尺譜，有助後人研究宋詞樂譜。除了註明宮調之外，姜夔更於詞旁載明樂譜，較柳永、周邦彥等僅注明宮調者更進一步，對於部分宋詞音調與歌法得傳於後世，具有重大貢獻。有《白石詞》傳世。

〈揚州慢〉（淳熙丙申至日[1]，予過維揚。夜雪初霽，薺麥彌望[2]。入其城，則四顧蕭條，寒水自碧，暮色漸起，戍角[3]悲吟。予懷愴然，感慨今昔，因自度此曲。千巖老人[4]以為有黍離之悲[5]）

　　淮左名都，竹西佳處[6]，解鞍少駐初程[7]。過春風十里[8]，盡薺麥青青。自胡馬窺江[9]去後，廢池喬木，猶厭言兵。漸黃昏，清角[10]吹寒，都在空城。　　杜郎俊賞[11]，算而今、重到須驚。縱豆蔻詞工，青樓夢好[12]，難賦深情。二十四橋[13]仍在，波心蕩、冷月無聲。念橋邊紅藥[14]，年年知為誰生？

注[釋]

1 至日：冬至。

2 彌望：滿眼。

3 戍角：軍營裡的號角聲。

4 千巖老人：南宋文人蕭德藻，字東夫，晚號千巖老人。姜夔之父與蕭德藻是同科進士，蕭德藻因器重姜夔的文才，曾言「學詩數十年，始得一友」，遂將兄女嫁給姜夔。

5 黍離之悲：代指故國之思。出自《詩經・王風・黍離》曰：「彼黍離離，彼稷之苗。行邁靡靡，中心搖搖。知我者，謂我心憂，不知我者，謂我何求。悠悠蒼天，此何人哉。」

6 淮左名都，竹西佳處：二句均指揚州。淮揚一帶於南宋設有淮南東路，亦稱淮左；揚州城東禪智寺有竹西亭，杜牧〈題揚州禪智寺〉詩云：「誰知竹西路，歌吹是揚州。」

7 解鞍少駐初程：解下馬鞍稍作停留，此為最初的路程。少，通「稍」。

8 春風十里：借指揚州。化用杜牧〈贈別〉詩曰：「春風十里揚州路，捲上珠簾總不如。」

9 胡馬窺江：胡馬，代指金人軍隊。窺，指窺視、侵犯。窺江，指金主完顏亮率軍渡過長江，南犯。

10 清角：淒清的號角聲。

11 杜郎俊賞：指杜牧卓越的鑑賞力。杜郎，即唐人杜牧，曾於揚州任淮南節度使掌書記。

12 縱豆蔻詞工，青樓夢好：縱使有像杜牧般的才華，寫出精工美好的「豆蔻」、「青樓」等關於揚州的詩句。二詩分別出自杜牧〈贈別〉：「娉娉嫋嫋十三餘，豆蔻梢頭二月初。」以及〈遣懷〉：「十年一覺揚州夢，贏得青樓薄倖名。」

13 二十四橋：揚州城內的古橋，又名紅藥橋，出自杜牧〈寄揚州韓綽

判官〉詩曰：「二十四橋明月夜，玉人何處教吹簫。」

14紅藥：紅芍藥花，為揚州的名花。

導讀

　　由詞作所附序文，可知本詞寫於宋孝宗淳熙三年（1176）。二十餘歲的姜夔在冬日雪霽時路經揚州，目睹揚州城在戰後蕭條破敗的景象，撫今追昔，不禁愴然有感，遂自創〈揚州慢〉曲調（自度曲）並填上詞句，以寄寓其故國之思（黍離之悲）。

　　本詞上片，以揚州昔日的繁華（淮左名都、春風十里），對比戰後城空（薺麥青青、廢池喬木）的景象。詞作下片，化用曾在揚州任職的杜牧詩句，以見如今的揚州，即使有杜牧的風流俊賞，也會怵目驚心而「難賦深情」，徒留一彎冷月，在揚州名勝二十四橋下的波心蕩漾著。詞末復以橋邊的紅芍藥花，劫後自開自滅，無人見賞，呼應了詞作上片「清角吹寒，都在空城」的荒涼蕭條，也能進一步領略姜夔在序文所說的「余懷愴然」、「黍離之悲」的感情。

　　姜夔的詞作（尤其是自度曲），往往以大段序言概述其創作背景，有助於讀者掌握詞旨。而姜夔善用前人詩作典故，營造出「清空、騷雅」的意境，也是其詞作的另一項特點。以本詞為例，詞中有共四處化用杜牧詩作（春風十里、豆蔻詞工、青樓夢好，二十四橋），將杜牧的詩境融入自己的詞境當中，建構了揚州昔日的繁華勝景與人文風情。此外，姜夔的「煉字」之工，也頗為後人稱賞。如詞中「波心蕩」之「蕩」字，既有水波蕩漾之意，也有冷清空蕩之感。詞作上片擬人化的「廢池喬木，猶厭言兵」，寫出兵燹後的無限傷亂，也有他人所不能及之長。

　　然而，姜夔詞作好化用典故與煉字精工的特點，實有正、反兩極評價，由以下所錄「析評」內容來看，正面者肯定其詞作格韻高絕，「讀之使人神觀飛越」；批評者則以其過於鍛字煉字，情真不足，不免予人「霧裡看花，終隔一層」之感，這是在閱讀姜夔詞作時所宜留意的。

〔南宋〕張炎《詞源》：白石詞〈疏影〉、〈暗香〉、〈揚州慢〉、〈一萼紅〉、〈琵琶仙〉、〈探春〉、〈八歸〉、〈淡黃柳〉等曲，不惟清空，又且騷雅，讀之使入神觀飛越。

〔清〕先著、程洪《詞潔輯評》卷4：「二十四橋仍在，波心蕩、冷月無聲」，是「蕩」字著力。所謂一字得力，通首光彩，非煉字不能，然煉亦未易到。

〔清〕陳廷焯《白雨齋詞話》卷二：寫兵燹後情景逼真。「猶厭言兵」四字，包括無限傷亂語，他人累千百言，亦無此韻味。

王國維《人間詞話》：白石寫景之作，如「二十四橋仍在，波心蕩、冷月無聲」、「數峰清苦，商略黃昏雨」、「高樹晚蟬，說西風消息」，雖格韻高絕，然如霧裡看花，終隔一層。

胡雲翼《宋詞選》：在姜詞中這本是一首反映現實比較深刻動人的作品，正由於包括得太含渾，表達便不夠明確。用杜牧在揚州冶遊的典實，亦削弱了〈黍離〉之悲的嚴肅意義。

〈踏莎行〉（自沔東[1]來，丁未元日[2]至金陵，江上感夢而作）

燕燕輕盈，鶯鶯嬌軟[3]，分明又向華胥[4]見。夜長爭得薄情知？春初早被相思染。　　別後書辭，別時針線，離魂暗逐郎行遠。淮南[5]皓月冷千山，冥冥[6]歸去無人管。

1 沔東：唐、宋州名，今湖北省漢陽（屬武漢市），姜夔早歲流寓此地。

2 丁未元日：孝宗淳熙十四年（1187年）正月初一。

3 燕燕、鶯鶯：代指佳人。蘇軾〈張子野八十五歲聞買妾述古令作詩〉：「詩人老去鶯鶯在，公子歸來燕燕忙。」

4 華胥：夢境。《列子・黃帝》：「黃帝晝寢而夢，遊於華胥氏之
　國。」

5 淮南：此指安徽合肥戀人所居地。

6 冥冥：昏暗。

導讀

　　據夏承燾《姜白石詞編年箋校》考證，姜夔年輕客居合肥時，曾
結識兩位姊妹，即使日後分手了，姜夔依然眷念不已。本詞是姜夔於
宋孝宗淳熙十四年（1187）元日由漢陽（即詞序之「沔」州）東去湖
州，途經金陵（今南京）時，於江上客船夢見昔日情人所作。

　　詞作上片，由「分明又向華胥見」，透露自己與情人是在夢中相
見，切合題序的「江上感夢而作」。並由情人的視角，想像對方因思
念自己（即詞中「薄情」郎）甚深，以致「春初早被相思染」，句中的
「春初」也與序文的「元日」時節是吻合的。

　　詞作下片，寫情人別後難忘，不僅「別後書辭，別時針線」都妥
善保存，甚至「離魂暗逐郎行遠」，因思念甚深而靈魂出竅，不遠千
里追隨情郎行蹤，甚至在夢中相見。末兩句以景結情，想像離魂託夢
後的歸途，只見一彎冷月，千山蒼冷；離魂踽踽獨歸，伶俜可念，令
人讀後淒然神傷，難以為懷。

　　王國維《人間詞話》中，對姜夔詞的「有格而無情」有諸多負
評，但對於「淮南皓月冷千山，冥冥歸去無人管」，王國維則坦言「
最愛」，以句中不僅有高冷淡雅的場景，也蘊涵了思深念遠的真情，
有別於姜夔其他格韻高絕卻掩飾真情的作品。

析評

　　王國維《人間詞話》：白石之詞，余所最愛者，亦僅二語，曰：
「淮南皓月冷千山，冥冥歸去無人管。」

　　唐圭璋《唐宋詞簡釋》：昔晁叔用（按：晁沖之，字叔用，北宋江西
派詩人）謂東坡詞「如王嬙、西施，淨洗卻面，與天下婦人鬥好」，

白石亦猶是也。劉融齊（按：劉熙載，號融齊，晚清國學家）謂白石「白樂則琴，在花則梅，在仙則藐姑冰雪」，更可知白石之淡雅在東坡之上。

　　沈祖棻《宋詞賞析》：「淮南」兩句，因己之相思，而有人之入夢，因人之入夢，又憐其離魂遠行，冷月千山，踽踽獨歸之伶俜可念。上片是怨，下片是轉怨爲憐，有不知如何是好之意，溫厚之至。

〈鷓鴣天〉（元夕有所夢）

　　肥水[1]東流無盡期，當初不合[2]種相思[3]。夢中未比丹青見，暗裡忽驚山鳥啼[4]。　　春未綠，鬢先絲。人間別久不成悲。誰教歲歲紅蓮夜[5]，兩處沈吟各自知。

注釋

1 肥水：即淝水，源於安徽省合肥市，向東南注入合肥市南方的巢湖。

2 不合：不應該。

3 種相思：留下相思之情。

4 夢中未比丹青見，暗裡忽驚山鳥啼：夢中的形象模糊，連畫像都不如，而恍惚的夢境又被山鳥的啼叫驚醒。丹青，丹砂和青臒，皆為繪畫顏料，可泛指圖畫；此指畫像。

5 紅蓮夜：即元宵夜。紅蓮，指元宵節的花燈。

導讀

　　本詞與上一首的〈踏莎行〉，都是姜夔爲懷念合肥戀人所作。本詞作於宋寧宗慶元三年（1197）元宵節，姜夔時年四十二歲，與合肥戀人分別已二十餘年，但姜夔依然觸景生情，念念不忘，詞中的「人間別久不成悲」、「兩處沈吟各自知」，都可見其久別難會、相見無期的傷感之情。

　　詞作上片，以水流比喻相思無盡，欲斷難斷，因而有「當初不合種相思」的體悟，實則暗示自己情根深種、無法可解。以下「夢中未比丹青見，暗裡忽驚山鳥啼」兩句，語意層層遞入：正因念念不忘，以致夢見伊人模糊的身影；可惜夢中所見比畫像還不真實；而這恍惚迷離的夢境，又被山鳥的啼叫驚醒而消失。既切合「元夕有所夢」的題意，也可見姜夔對情人的深切思念。

　　詞作下片，則是夢醒後的感慨。由於「元宵」為初春時分，故云「春未綠」，自己卻早已「鬢先絲」，兩鬢斑白，垂垂老矣，暗示著與情人的「久別」，甚至有「別久不成悲」的感慨，唯是年年的元宵燈夜，依然觸景傷情，兩心各自知之而已。

　　姜夔的詞作素來以「格韻高絕」著稱，從而掩蓋了詞中的真情實感。但綜觀《白石詞》，卻有數首〈鷓鴣天〉，由這些詞作的題序來看，如：「正月十一日觀燈」、「元夕不出」、「元夕有所夢」、「十六夜出」，都是寫元宵燈會前後的所見所感，例如：

　・花滿市，月侵衣，少年情事老來悲。（〈正月十一日觀燈〉）
　・芙蓉影暗三更後，臥聽鄰娃笑語歸。（〈元夕不出〉）
　・鼓聲漸遠遊人散，惆悵歸來有月知。（〈十六夜出〉）

以上詞句，或者寫元夜歡遊、鼓歇人散的場景，或者抒發老年人在節日時觸景傷情之感，相形之下，僅有「紅蓮夜」是詞中唯一與元宵燈會相關的詞彙，其餘都是姜夔在夢中對昔日情人的思念，也是《白石詞》中少見情真意切的作品。

析 評

　　夏承燾《姜白石詞編年箋校》卷五：白石懷人各詞，此首記時地最顯。時白石四十餘歲，距合肥初遇，已二十餘年矣。

　　唐圭璋《唐宋詞簡釋》：此首元夕感夢之作。起句沈痛，謂水無

盡期，猶恨無盡期。「當初」一句，因恨而悔，悔當初錯種相思，致今日有此恨也。「夢中」兩句，寫纏綿顛倒之情，既經相思，遂不能忘，以致入夢，而夢中隱約模糊，又不如丹青所見之眞。「暗裡」一句，謂即此隱約模糊之夢，亦不能久做，偏被山鳥驚醒。換頭，傷羈旅之久。「別久不成悲」一語，尤道出人在天涯況味。「誰敎」兩句，點明元夕，兼寫兩面，以峭勁之筆，寫纏綣之深情，一種無可奈何之苦，令讀者難以爲情。

〈點絳唇〉 （丁未[1]冬，過吳松[2]作）

燕雁無心，太湖西畔隨雲去。數峰清苦[3]。商略[4]黃昏雨。　　第四橋[5]邊，擬共天隨[6]住。今何許？憑闌懷古，殘柳參差舞。

注釋

1 丁未：南宋孝宗淳熙十四年（1187），時姜夔自湖州往蘇州謁范成大。

2 吳松：一作「吳淞」，今江蘇省吳江市。

3 清苦：形容寒山寥落、荒涼。

4 商略：商量、準備。

5 第四橋：即吳江城外之甘泉橋，因泉水品質為當地第四名，故名第四橋。

6 天隨：晚唐文學家陸龜蒙（？-881），自號天隨子，據辛文房《唐才子傳》記載，陸龜蒙時放扁舟，挂篷席，安置束書、茶灶、筆床、釣具，游於江湖間。故而姜夔詩詞中常自比為陸龜蒙。

導讀

本詞是宋孝宗淳熙十四年（1187）冬日，姜夔自湖州經吳江拜訪南宋詩人范成大所作。

　　詞作上片，首二句既是眼前所見景色，也是姜夔長年如「燕雁無心」、漂泊江湖的寫照。「數峰清苦，商略黃昏雨」兩句，寫太湖西畔欲雨未雨，群峰彷彿染上「清苦」之色，個個愁眉苦臉，正商量著如何降雨或何時降雨一般。句中以擬人的手法，靈活生動的寫出山雨欲來的灰暗天色，堪稱觀察精細入微。

　　由於吳江是晚唐詩人陸龜蒙的隱居之地，而陸龜蒙一生漂泊江湖，詩中喜好歌詠北雁，姜夔與之可謂異代相通，同情共感，詞作下片遂結合吳松的景物與人文，抒發其憑欄懷古之意。末句以景結情，將古今滄桑之感融入「殘柳參差舞」的眼前景物中，而詞末的「無窮哀感，都在虛處」，正是晚清陳廷焯推許本詞為「絕調」主要關鍵。

　　本詞通首寫景，詞中最受後人稱道的，莫過於「數峰清苦，商略黃昏雨」，以擬人手法寫出山陰欲雨之境。王國維《人間詞話》以之為姜夔詞作「格韻高絕」的例證，其他如：

- 紅萼無言耿相憶。（〈暗香〉）
- 千樹壓、西湖寒碧。（〈暗香〉）
- 廢池喬木，猶厭言兵。（〈揚州慢〉）
- 二十四橋仍在，波心蕩、冷月無聲。（〈揚州慢〉）
- 高樹晚蟬，說西風消息。（〈惜紅衣〉）
- 燕燕飛來，問春何在？唯有池塘自碧。（〈淡黃柳〉）

以上為姜夔詞集因「擬人」而出奇的詞句，也是姜夔煉字精工、格韻高絕的代表作。

析 評

　　〔清〕陳廷焯《白雨齋詞話》：白石長調之妙，冠絕南宋；短章亦有不可及者，如〈點絳唇〉（丁未冬過吳松作）一闋，通首只寫眼前景物，至結處云：「今何許？憑闌懷古，殘柳參差舞。」感時傷事，

只用「今何許」三字提唱，「憑闌懷古」以下，僅以「殘柳」五字詠歎了之，無窮哀感，都在虛處。令讀者弔古傷今，不能自止，洵推絕調。

王國維《人間詞話》：白石寫景之作，如「二十四橋仍在，波心蕩、冷月無聲」、「數峰清苦，商略黃昏雨」、「高樹晚蟬，說西風消息」雖格韻高絕，然如霧裡看花，終隔一層。

俞陛雲《唐五代兩宋詞選釋》：欲雨而待「商略」，「商略」而在「清苦」之「數峰」，乃詞人幽渺之思。白石泛舟吳江，見太湖西畔諸峰，陰沈欲雨，以此二句狀之。

〈淡黃柳〉（客居合肥南城赤闌[1]之西，巷陌淒涼，與江左[2]異，唯柳色夾道，依依可憐，因自度此闋，以抒客懷。）

　　空城曉角[3]，吹入垂楊陌[4]，馬上單衣[5]寒惻惻[6]。看盡鵝黃嫩綠[7]，都是江南舊相識。　　正岑寂[8]，明朝又寒食。強攜酒，小橋宅[9]。怕梨花落盡成秋色。燕燕飛來，問春何在？唯有池塘自碧。

注釋

1 赤闌：指有紅色欄杆的橋。

2 江左：長江下游南岸地區。

3 曉角：清晨的號角聲。

4 陌：市中街道。

5 單衣：單層無內襯的布質衣服。

6 惻惻：同「側側」，輕寒貌。

7 鵝黃嫩綠：指楊柳的黃綠色嫩葉。

8 岑寂：寂靜。

9 小橋宅：指赤闌橋之西的客居處。另有根據姜夔〈解連環〉的「為

大喬、能撥春風，小喬妙移箏」，主張「小橋宅」為姜夔昔日所眷
戀的合肥姊妹住處。

導讀

　　本詞是姜夔的另一首自度曲。詞中小序載明姜夔當時客居在合肥
南城赤闌之西，由「自度此闋，以紓客懷」，以及詞中的「明朝又寒
食」，可知本詞是姜夔抒發作客他鄉，孤獨過節（寒食）的冷清寂寞
心情。

　　時值寒食佳節，姜夔客舍附近街道冷清，唯有楊柳依依，與故鄉
景色相近。詞作上片，首句「空城曉角」，與〈揚州慢〉「清角吹
寒，都在空城」語意相近，而春日的低垂的柳條，不僅以「鵝黃嫩
綠」形容柳葉深淺不一的顏色，也以「江南舊相識」引出思鄉情懷。

　　詞作下片扣緊「寒食」而發。因適逢佳節，加以韶光易逝，即使
眼前所見「巷陌淒涼，與江左異」，也要「強攜酒、小橋宅」，勉強
打起精神，自客居的赤闌橋小宅攜酒踏青賞春。詞末三句以一問一答
的方式進行，想像梨花落盡之後，恐將如秋日般蕭瑟淒涼，他日歸巢
的飛燕「問春何在」？恐僅餘一池綠水，再無繁花盛景可觀。言下頗
有無奈春歸，唯有把握當下之意。

　　本詞雖是紓解客懷而作，但詞中如「馬上單衣寒惻惻」、「鵝黃
嫩綠」、「梨花落盡成秋色」、「問春何在？唯有池塘自碧」，都是
一幅幅絕佳的柳色春景圖，讓人讀後確實有「神觀飛越」、「格韻高
絕」之感，但相形之下，姜夔的思鄉之情與客懷之感反倒被這些景色
掩蓋了。就這點而言，王國維以「霧裡看花，終隔一層」來評論姜
詞，其實是頗為貼切的。

析評

　　〔清〕王闓運《湘綺樓選絕妙好詞》：亦以眼前語妙。

　　〔清〕譚獻《譚評詞辨》：長吉有「梨花落盡成秋苑」之句，白
石正用以入詞，而改一「色」字協韻。

沈祖棻《宋詞賞析》：詞極精妙，不減清真，其高處有美成所不能及。

〈暗香〉（辛亥之冬，余載雪詣石湖[1]。止既月，授簡[2]索句，且徵新聲，作此兩曲。石湖把玩不已，使工妓隸習之，音節諧婉，乃名之曰〈暗香〉、〈疏影〉[3]）

舊時月色，算幾番照我，梅邊吹笛。喚起玉人，不管清寒與攀摘[4]。何遜[5]而今漸老，都忘卻春風詞筆。但怪得、竹外疏花，香冷入瑤席[6]。　　江國，正寂寂。歎寄與路遙[7]，夜雪初積。翠尊易泣[8]，紅萼無言耿相憶[9]。長記曾攜手處，千樹壓、西湖寒碧。又片片、吹盡也，幾時見得？

注釋

1 石湖：指南宋詩人范成大晚年居住在蘇州西南的石湖，自號石湖居士。

2 授簡：給紙索取詞作。簡，古代以竹簡寫字，後世改用紙。

3 〈暗香〉、〈疏影〉：兩首皆為姜夔長篇自度曲，詞以詠梅為主，典故出自北宋詩人林逋〈山園小梅〉詩：「疏影橫斜水清淺，暗香浮動月黃昏。」

4 不管清寒與攀摘：寫過去和美人冒著清寒、攀折梅花的韻事。

5 何遜：南朝梁代詩人，曾任揚州法曹時，廨舍有梅花，遂有〈詠早梅〉詩。姜夔此以何遜自比，自言逐漸衰老，消退遊賞興趣，不再以春風般絢麗的辭采歌詠梅花。

6 香冷入瑤席：寒梅的香氣透進詩人的屋子裡。瑤席，座席。

7 歎寄與路遙：表示與友人音訊隔絕。化用晉人陸凱〈贈范曄〉：「折梅逢驛使，寄與隴頭人；江南無所有，聊贈一枝春。」

8 翠尊易泣：手持翠綠酒杯，不禁感傷落淚。

9 紅萼無言耿相憶：對著悄然盛開的紅梅，憶起往日情懷。耿相憶，
令人耿耿於懷，相憶不忘。

導讀

本詞寫於南宋光宗紹熙二年（1191），即詞序的「辛亥之冬」，
姜夔於當年雪季拜訪范成大，並在石湖客居月餘。因范成大「授簡索
句，且徵新聲」，姜夔遂譜曲作詞，並以北宋詩人林逋「疏影橫斜水
清淺，暗香浮動月黃昏」的詠梅名句，將兩首自度曲名為「暗香」、
「疏影」。因屬長調慢詞，加以典故繁夥，僅選錄一首，使讀者從中
概見姜夔長調慢詞的創作要點。

詞作上片，以舊時月色與眼前梅花融成一片，「喚起」兩句，回
憶美人月下摘梅的旖旎情景，對照如今漸老、早已「忘卻春風詞筆」
的自己，並因今昔落差而對梅嗔「怪」，而「竹外疏花，香冷入瑤
席」，既是眼前場景，也化用北宋詩人林逋詠梅的詩意。

詞作下片，寫路遙積雪，紅萼依然，但昔日攜手賞梅的玉人卻已
音訊杳然，詞末以落梅片片，幾時見得，讓人聯想起昔日的玉人猶如
落梅一般，無由重見。

本詞以月色、梅花串連往日回憶與眼前場景，筆法婉曲生情，結
構回環往復。詞中所寫的冬季雪梅景致與相關回憶，如「喚起玉人，
不管清寒與攀摘」、「竹外疏花，香冷入瑤席」、「翠尊易泣，紅萼
無言耿相憶」與「長記曾攜手處，千樹壓、西湖寒碧」，都可謂物中
有情，情景交融，成為後人賞愛本詞的關鍵。詞句深寓的家國之思與
身世之感，也是眾多詞評家所偏好引申發揮的，甚至譽為姜夔詞集中
的「絕唱」之作。

然而，在正面評價之外，由於〈暗香〉、〈疏影〉運用大量典故
入詞，難免掩蓋了詞中的真性情，因而又有「語高品下」、「勉強做
作，不耐咬嚼」之類的負面評論。以上正、反兩極的評價內容，不僅
出現在姜夔這兩首自度曲，也常見於南宋後期的詠物詞中。讀者在閱

讀這類長篇詠物詞作時，不妨多留意、體會。

析評

〔南宋〕張炎《詞源》卷下：白石〈疏影〉、〈暗香〉等曲，不惟清眞，且又騷雅，讀之使人神觀飛越。又言：姜白石〈暗香〉、〈疏影〉二曲，前無古人，後無來者，自立新意，眞爲絕唱。

〔清〕王闓運《湘綺樓詞選》：此二詞最有名，然語高品下，以其貪用典故也。又云：如此起法，即不是詠梅矣。

王國維《人間詞話》卷上：詠物之詞，自以東坡〈水龍吟〉爲工，邦卿（按：南宋詞人史達祖，字邦卿）〈雙雙燕〉次之，白石〈暗香〉、〈疏影〉格調雖高，然無一語道著。視古人「江邊一樹垂垂發」（按：詩句出自杜甫〈和裴迪登蜀州東亭送客逢早梅相憶見寄〉）等句，何如耶？

劉永濟《唐五代兩宋詞簡析》：以身世之感貫穿於詠梅之中，似詠梅而實非詠梅，非詠梅又句句與梅有關，用意空靈，此石湖所以「把玩不已」也。

吳昌碩《詞林新話》：白石〈暗香〉、〈疏影〉二首，遊戲之作耳。雖藝術性強，實無甚深意。乍看似新穎可喜，細按則勉強做作，不耐咬嚼，此本擬人之通病。